许辉长篇小说典藏

没有结局的爱情
MEIYOU JIEJU DE AIQING

时代出版传媒股份有限公司
安徽文艺出版社

许辉，安徽省作家协会主席，中国作家协会全国委员会委员，中国作家协会全国散文委员会委员，安徽大学兼职教授，曾任茅盾文学奖评委。著有中短篇小说集《夏天的公事》《人种》等，长篇小说《尘世》《王》等，散文随笔集《和地球上的小麦单独在一起》《和自己的淮河单独在一起》《又见炊烟》《涡河边的老子》等。短篇小说《碑》曾作为全国高考、高校考研大试题，中短篇小说《碑》《夏天的公事》等被翻译成英、日等多国文字，收入大学教材。作品多次获国内文学大奖。

许辉长篇小说典藏

没有结局的爱情

MEIYOU JIEJU DE AIQING

许 辉 ◎ 著

时代出版传媒股份有限公司
安徽文艺出版社

图书在版编目（ＣＩＰ）数据

没有结局的爱情/许辉著.—合肥：安徽文艺出版社,2018.10
（许辉长篇小说典藏）
ISBN 978-7-5396-6166-7

Ⅰ.①没… Ⅱ.①许… Ⅲ.①长篇小说－中国－当代
Ⅳ.①I247.5

中国版本图书馆 CIP 数据核字(2017)第 180676 号

| 出 版 人：朱寒冬 | 出版策划：朱寒冬 |
| 责任编辑：何　健　韩　露 | 装帧设计：徐　睿　张诚鑫 |

出版发行　时代出版传媒股份有限公司　www.press-mart.com
　　　　　安徽文艺出版社　www.awpub.com
地　　址：合肥市翡翠路 1118 号　邮政编码：230071
营 销 部：(0551)63533889
印　　制：安徽新华印刷股份有限公司　(0551)65859551

开本：880×1230　1/32　印张：6.375　字数：140 千字
版次：2018 年 10 月第 1 版　2018 年 10 月第 1 次印刷
定价：28.00 元(精装)

（如发现印装质量问题，影响阅读，请与出版社联系调换）

版权所有，侵权必究

目录

第一卷　长辈们／001

第二卷　桑小媛／010

第三卷　我自己／023

第四卷　热夏的苦恋／033

第五卷　在路上／105

第六卷　罗心影／119

第七卷　我和我所亲密的人／152

第八卷　我在江淮大地的老家／201

第一卷　长辈们

一粒铅弹,从耳边嘶叫着飞过,穿过一片摇曳的草叶,"噗"的一声,打进一具移动的躯体里,那是我父亲。我父亲应声倒在地上的草丛里。群居的蚊虫像地面上一层黏稠的液体,父亲的身体倒下去时,浓稠的液体呈波浪状被挤压向四周,还有一些零星地溅向空中,但它们很快又回到原处,数秒钟前的溅坑被填平了。无数蚊虫仍然像黏稠的液体一样,厚厚地、严实地覆盖着地面。不远处有低微的水声拍打着泥岸和水草。

水声孤寂。

一阵野鸭的惊啼消失在较远的天空。

草塔中,零星的蛙鸣重新响起。

章鸡儿在苇丛里"咕咕"地叫。

另有鱼儿唼水的声音。

岳父清楚地看见了那粒铅弹的出现、飞行和打击。

最初,它从水雾蒙蒙的湖心深处,挤开带有藻腥味的空气,摇摇晃晃地飞奔过来。当它出现在岳父视线里的一刹那,因为岳父迎着阳光的缘故,它只是一个微小的不起眼的小亮点。岳父的双眼惊恐地睁大了,他的目光恐惧地随着铅弹的飞行而移动。亮点越来越亮,铅弹越来越大,也越来越清楚。铅弹由一个平面,变成了一个立体,旋转的立体,光闪闪的。岳父逐渐能听见铅弹飞行的声音了,"嘶嘶"声,越来越尖锐,越来越刺耳。岳父愤怒地向空中飞行的铅弹挥手猛扫:"操你狗娘养的小日本!"骂声未落,"呼"的一声,铅弹加速从岳父的眼前飞过,岳父浓密的眉梢被铅弹运行带来的气流掀得忽闪了几下。岳父的眼睛别过去看铅弹继续飞行,他的嘴惊恐地张大并扭歪了——父亲跃起的身体正阻挡在铅弹运行的轨道上。"噗",铅弹钻进父亲的肉体时,发出一声不大的闷响,可以想象,组成肉体的那些毛发啦,皮肤啦,血管啦,血液啦,肌肉啦,筋腱啦,脂肪啦,骨头啦,并不是被利器切割开的,而是被铅弹这样一个钝东西硬性地击砸开的,这让人受不了。于是,父亲的身体由跃起的最高点沉重地跌落下去,成堆的蚊虫像浓稠的液体那样,溅起来,又落下去,于是,父亲的身体消失了。

——这是岳父和岳母向我讲述的无数个革命历史故事中的一个。那是他们的历史。他们的历史刻记在他们的脑海里,融化在他们的血液里,掺和在他们的生命里,贯穿在他们的一生中。

我总是似听非听,似懂非懂的。风有时吹动窗扇,窗扇发出"咣当,咣当,咣当当"的响声,窗外的树梢开始摆动,闪电不断照亮院墙上的玻璃刺,打雷的声音能够淹没人声(岳母在那时总会停止说话,静等雷声过去)。闷雷总是在较远的地方较长时间地炸响,响雷在近处,而且总是脆嘣嘣,"咣,咣咣——咣",零碎的雷则会随时响起,雨紧跟着就下来了,"啪,啪,啪啪,啪啪啪啪啪啪啪,哗——"。

大多数时候,连续打雷时,岳父和岳母就会闭目养神。我像所有的孩子一样(在长辈们面前我们永远是孩子),呆呆地看着窗外。我知道,小时候,我经常在这种环境下(窗扇晃动的环境下)睡着、做梦,或者,醒来,偏头看着窗外。因为我们家很早的时候,住的是非常老的木结构住房,有些柱梁朽蚀了,但木榫仍然结实,重新漆过的木格窗像梦里的东西,能够使人兴奋,而另一些木格窗则改成了推窗,它们会在大风天气中"咣当,咣当,咣当当"不断作响。一株桂树长在木窗外,从春到冬它都会郁郁葱葱,最早在九月底,香气就会通过窗子传进来。那时睡在床上,闻到浓浓的或淡淡的桂花香,听着妈妈轻声喊"康康宝宝,宝宝小康,起来啦,小乖乖起来啦",心里会懒懒的、绵绵的,不想起来。直到妈妈坐到床头,亲着我的小小额头,我才会搂着妈妈的脖子,再撒一个娇,才起来。

铅弹仍然保留在父亲的橱柜里,用一块看上去像褪了色的、低档的暗红绸子包着。绸子放在一个饼干听子里,弹头略显扁暗,也没有什么光泽,弹头的前部还有一两个凹坑。如果单纯地看这样一个不起眼的东西,谁都不会相信它真能有什么作为,谁都不会拿正眼看它一眼的。在同一个布包里,还有一个用红粗布剪成的五角星、一个土纸供粮卡、一小块红枣木手枪枪柄、半张彭雪枫的新四军四师主办的《拂晓报》,这些碎物各有来历。

岳父也有一些战争时期的纪念物,半截铁矛、缴获的军大衣上的纽扣、不规则的弹片、一种叫不出名字的生了锈的铁环(据岳父说是地雷上的)等等,与我父亲的类似。

"留下来的不多喽,不多喽。"

岳父只把他的宝贝拿给我看过一次,那是在我和桑小媛谈恋爱的时候,说老实话,年轻人不太会对这一类玩意儿感兴趣的,甚至是完全不感兴趣。"我看看,我看看。"我儿子刘濉州难得一次对外公的这些东西关心,他削尖脑袋往外公的大衣橱里钻,"有没有价值?是不是像古玩那样有价值?有没有三四十年代的军邮?有没有?"当他得到否定的回答,并且亲自鉴定过之后,他立刻无比平静地回到沙发上看电视去了,他再也没有接近过它们,甚至完全没有再想起过它们——他没有提起过它们一次。一点不错,任何东西,不管什么东西,在不内行的人手里,它就没有价值;在不用心和不认真的人手里,它就没有价值;在对它没有感情的人手里,它就没有价值;在年岁不到的人手里,它也没有价值。对姥爷的藏物,刘濉州也持同样的态度。

确实,我们两家的关系,就像我和桑小媛的关系一样,复杂而且奇怪,外人难以理解,但也有很多共同点。我母亲是桑小媛母亲隔两个村的表姐。桑小媛母亲的祖父,也就是我岳母的祖父,二十世纪二三十年代,在我母亲的祖父家教过私塾,虽然时间不长,但这并不能阻止他老人家死在我母亲祖父家里一位我母亲的父亲呼为婶娘的长辈的怀里——在我们淮北濉浍平原这边的农村,方圆几十里,甚至上百里,大家几乎都可以攀上或远或近的亲戚关系,在父亲住的村子里,婶娘差不多就多如牛毛了。

我岳母倒真是个性格开朗、爱说爱笑的人,她绝对是那种伶牙俐齿的妇女。所有背诵过中共党史或看过中国式战争片的人,都应该能够想象得出来,头发短短、头戴灰布女兵帽、腰扎皮带、胸部高耸的女兵,站在野草塔头,打着呱啦板,为脚下的行军队伍鼓劲的场面。关于桑小媛她们家的事以及我们家和她们家的某种关系,我几乎都是从岳母那里听来的。我至今还能很清楚地记得,有几次,那都是饭后,在我岳母家,房间里暖暖的,其实是一种舒适,室外下着雨或雪,桑小媛在厨房里长时间地擦洗着锅、碗和操作台,我岳父半倚在沙发上闭目养神,我岳母吸着一支烟(和我母亲一样,抽烟是她们在战争年代学会的一种男女平等、排遣痛苦和恐惧、放松精神、整理思路、进行思考的高超手段),神采飞扬、滔滔不绝地说起了她的家庭、我岳父的家庭、我父亲的家庭、我母亲的家庭,以及这几个家庭的某些关系。

烟雾袅袅上升,袅袅上升,然后慢慢散开。

烟气很香,应该是那种牌子比较好的香烟,这样的烟香气味相当诱人,使人渐渐陶醉。当然,下雨或者下雪的天气,确实能使人产生一种感觉或者是幻觉,如果有温暖的房间,有充足的酒食,有无忧无虑的生活环境,再有一些无关紧要的小烦恼,再加上有时间,幻觉就更容易产生。任何人都能够想象,在那种大雪天(那时候的雪真大),岳母的祖父死在我母亲的某位婶娘的怀里时,婶娘张皇失措的哭喊声。"现在看,那就是脑血栓、脑出血这一类的病,"岳母说,"人一激动,就发作了。"

于是,哭喊声在土围子里那些尚未陈旧的屋瓦间回响。听到哭喊声,母亲的祖父第一个跑进厨房,又跑了出来。他的大发雷霆是相当有道理的,在他的家里出现这种淫乱的事情,对他的大男子权威是一种公然的蔑视和挑衅。他像当地、当时所有土生土长的农民一样,在土围子里叫骂了三天三夜,完成了这项带有挑战性的习俗后,他就永远地沉寂不语了。用岳父、岳母的话讲,他这叫破声,他的声带完蛋了。而最奇怪的是我母亲的祖母,她从厨房里出来时,面色如土,一言未发,后来终日郁郁寡欢,以泪洗面,茶不思饭不想,不出半年,她就颓然谢世了。

"他们俩也有关系?"我指的是我母亲的祖母和我岳母的祖父。

"有!"岳母肯定地讲,"没有关系,他死了,她天天哭哪门子?"她蛮有把握地这样推测。

"那,她怎么在厨房里,那位婶奶?"

"她在你妈家帮活,就是在厨房里干活的。"岳父突然插话。看起来他并没有真的睡觉,他的的确确是在闭目养神,但他也一直在侧耳聆听,他的头脑一直是那么清醒。

母亲的祖父是当地一个标准的土地主,用岳母的话说,是靠勤俭持家才成为地主的。在那个年代,我们这地方的农村,每个稍大些的村子,都有那么一两家这种地主。

"那时候人都胆小。"岳母说。

以土地主为骨干,每个村庄四周都挖了壕沟,壕沟里垒了土围子,每天晚上都有村民巡更放哨,以防土匪。那时候土匪很多,他们经常成群结队从北边或东南边的山上呼啸而下,洗劫村庄,绑架肉票。虽然有了壕沟和土围子,但母亲的祖父还是死于匪事,是被长期围圩子的土匪吓死的。那是大夏天,土匪们在土围子外搭了窝棚,白天睡觉,夜晚炖鸡、猜拳、喝酒、唱歌、骂人。鸡和酒的香气很冲,四方弥散,使人向往。土匪们呼啸着来了,呼啸着又走了,来去无踪。土匪们放冷枪打死了一个人,夜晚村里人就再也不敢出门了,而母亲的祖父趁晚黑溜墙根上茅房,听见"噗"一声流弹响,以为打到了自己,就吓瘫在茅房里。等家里人把他抬回来,他身体软得扶不住,屎尿都泄在裤裆里,他很快就不行了。

"他们两家都是穷光蛋,半分地都没有,一棵树都没有。"岳母说,她指的是我父亲和我岳父,"你说,你家有几分几厘地?不穷?不穷你俩能出来当兵,闹革命?"岳母理直气壮地质问岳父。

岳父和我父亲也并不在一个村住,他们相隔有二三十里地,但按辈分,我岳父得喊我父亲表舅。这种亲戚是怎么排的?我一脑袋糨糊,永远搞不清楚,总之他们相差一辈,虽然可以肯定地说,他们没有任何血缘关系。据岳母说,在乡下家里干活的时候,岳父和父亲如果在哪里见到面,岳父一定得喊我父亲表舅。"那赖不掉,赖不掉,走到天涯海角都赖不掉。"岳父点头承认。后来,离家参加革命,他就私下里喊表舅,人面前喊同志,不成规矩的规矩。再后来,分分合合、合合分分,职务也上上下下、下下上上,就直呼其名。再再后来,父亲和母亲结婚,岳父和岳母结婚,工作以外,私下里就各喊各的,岳母喊我母亲表姐,岳父喊我父亲表舅。

"你们真打过仗?"有一次我冒冒失失地问,问过了我后悔不迭。

岳父眼一瞪,说:"没打过仗?回家问问你爸可打过仗,可北撤到过山东,可钻过洪泽湖,可叫蚊子、蚂蟥咬过,可叫日本鬼子的汽艇撵过!没打过仗?回家问问你爸可打过仗!"岳父就是这种脾气,说话直,他人挺好。

"你岳父还救过你爸的命哩。"岳母说。

"你爸腚上长了个拳头大的疮,不能走路,挪都不能挪,发高烧,鼻子淌血,头都大了,歪在洪泽湖里的草塔子上不能动弹。吃,没有吃的,喝,喝不下去,就等死了。我侍候他五十八天。"岳父说的这是又一回事,他把时间记得那么准,而且说得那么肯定,"洪泽湖的蚂蟥、水草,都能治病,你父亲不就是水草治好的?你们小孩子现在不懂了。"

岳母翻他一眼："哪有小孩子？小孩子都成大人了！"

岳母抽烟并不多，但在这种时候，她总会破例又抽一支。

我再一次嗅到较好的香烟的烟香气。烟香气再一次令我向往，烟香气把我逐渐推向一个似真似梦的境界之中。我很奇怪，在这种烟香气的诱导下，我怎么没学会抽烟？我怎么没对香烟上瘾？

第二卷　桑小媛

桑小媛和她母亲的性格完全不同，她不像一般的女孩子或者女人，至少有一个无话不说的女朋友，以便在必要时倾诉心中的烦忧，减轻精神上的压力。她像一个男人，把自己的过去，把烦恼、忧虑，甚至某种快乐，统统埋藏在心里，喜怒几乎都不形于色。我这样说，并不是想要贬损她。这是她的特色，这不是她的缺点，这只是她的性格。

桑小媛是一种适合在办公室里生长的动物，她喜欢上班，也喜欢加班，也许是需要她加班的情况有点多。她似乎总是在办公室里，穿着黑色的或者枣泥红色的制服式的上衣，间或打着颜色混沌的高级领带，端坐在整理得利利索索的办公桌后面，喝着大量茶叶水，偶尔还抽一支烟，为工作而忙碌；要么就是为了工作而陪伴着上级领导、业务客人，外出、下饭店、进舞厅。她总是为了调整而回家。在家里，大部分时间她都在蒙头大睡；醒来后她就会不断地接电话、打电话，打个不停，处理事务，做别人的思想政治工作，要么就沉默地坐在沙发上，做看电视状。当然，她能看进去的只有新闻、纪录片、世界大事，至于连续剧、搞笑片，她从不问津。刘濉州总是在外婆家或奶奶家，洗洗擦擦是她最不上手的活,这一类事情都由我母亲家的保姆代劳。很自然,她的这种性格,如果不是让别人远离她的话,就会让人尊重她,特别是当别人与她有一个适当的工作或者生活距离的时候。当然,桑小媛绝不是一个对生活和人生完全冷淡的人,她只是在用她自己的方式生活着,她完全会在某种场合彻底暴露出她的本能和天性。

她太有特点了,经常让人错愕不已。

你能想象一个毫不性感(在我眼里)、穿着略显笨拙的黑色制服式上衣、头发短短、小臂上可能还像男人那样搭着一件风衣的较高个女人,干脆有力、不苟言笑地用浅跟皮鞋敲打着地面,走进办公室里的情形——这是有关桑小媛的典型画面,如果不是关于她的最佳画面的话。

较早些的时候,三四十年以前吧,我"愿意"和桑小媛在一起,虽然不能称为"喜欢"在一起,这也是我们最终能够结婚的原因:我们那时候还算得上互相"愿意",毕竟当时都还很年轻,带有更多年轻人而不是成年人的不成熟以及不理性。

不成熟真好!不成熟的面孔,不成熟的性格,不成熟容易冲动的感情,不成熟的行为。

对比一下桑小媛三十多年前(更不用说四十多年前了)的照片,我会十分惊奇(也是惊喜)地发现,桑小媛那时那么年轻,而且,她还很好看,很有特点。脸瘦瘦的,当然不是真正的那种瘦,是一种带有某种肌肉成分的脸,鼻子略微有点翘,这就使她显得很洋气、很精神,一看就是个坚忍不拔的聪明人。但当时,我似乎并没有发现她的这些与生俱来的优点。

我现在会时常想起从前的一些事,春天、秋天,而更多的是在冬天午睡后,灿烂的阳光从窗外射进来,照在蟹爪兰开着鲜艳红花的肉质叶片上,室内的空气中有一丝淡淡的温馨的人体气味。当阳光从窗外照射进来的时候,我就会看见我有力的双腿骑着自行车,从窗外驰过,驰过一排平房前的青砖路,驰过几棵落叶的柳树,驰出宿舍大院,奔驰在尚不十分平整的柏油公路上。那种情形,直到现在还是那样历历在目。

路,往神秘和不可知的地方无尽地延伸,像一条粗糙的地毯一样,不断地往后卷去。我使劲骑着,车轮飞转。当我兴致勃勃地赶到二铺镇镇政府的时候,只有桑小媛还在办公室等我。

"上食堂吃饭去吧。"她会站起来对我有限度地笑笑,然后就带我去镇政府大院后边的食堂。

我不能说我和桑小媛的婚姻完全不是双方父母的意思,虽然我们俩也是半推半就。在确定了双方恋爱关系的这种情况下,桑小媛在别人面前大方而且公开,她会把我很正式地介绍给所有碰到我们的人,她绝不会扭扭捏捏、羞羞答答。她处理这些事情非常在行,一点都不会跑题:

"张书记,这是我的男朋友,刘康。——刘康,这是我们镇党委张书记。"

"王镇长,这是我男朋友,刘康,市……秘书……"

"刘康,这是贾所长,也是从市里来的……"

"马部长,这是我男朋友刘康。——马部长是洪泽湖边人,叫马家窝棚吧,离咱们老家都不远。"

"栾秘书,这是刘康,我男朋友。你们俩都喜欢读古文,之乎者也,有话可谈了。"

"洪站长,这是我男朋友,刘康。"

"蔡主任,我男朋友刘康,你们俩在市里开会见过的。——蔡主任和婶子对人最热心了,蔡主任家的饺子我都吃过五六回了。"

那一年,是桑小媛大学毕业后第一年的实习年。

在镇政府食堂里吃过简单的晚饭后,我们要么去镇子里转转,要么从镇里转到镇子旁边的村子。还有那么一两次,或者两三次吧,我记不清了,我们骑车到了镇北十里外的新汴河王闸。

二铺镇是个煤矿镇,在二铺镇的周围,有一些在世界上都数得上的优质大煤田。尽管镇里的街道、建筑物旁和院落内种了不少植物,但整个镇子还是黑乎乎的,植物也都蒙了一层黑,到处都是煤炭的痕迹。如果是春天有风的天气,空气中的不可吸入颗粒物,真的就让你几乎无法呼吸,连镇政府大楼的楼顶上都有一层炭颗粒。这让我们很容易就联想到在成千上万年以前,这里还没有什么人居住的时候,到处都长着大树,森林一片接一片,湿地和水沼连绵不断,四条腿的野兽和两条腿的禽怪到处乱跑的情景。

镇政府大楼是这一带最高的建筑。站在镇政府大楼的楼顶上,能感受到潍浍平原独有的那种气氛,特别是在秋冬时节,整个视界里都是暗灰色的调子。镇街两边的屋顶参差不齐;一只被风吹翻了毛的黑猫站在苍灰的屋顶上"喵喵"地叫;树叶已经落得差不多了,而且还在逐渐加大的风里掉落;道路上走过去的人色调也都十分黯淡;田野远处有那种倒煤矸石的井架,看上去十分简陋、粗糙,甚至有几分粗鲁。田原同小镇连接起来,麦苗的绿色还不明显,甚至可以忽略不计。田野广大无边,色彩也都低暗,但那么广袤的原野实在让人激动,使人产生强烈的冲动,要跑向她,要在她的上面奔跑,要在她的上面追逐、嬉闹、繁殖,过一种四方游荡的群居生活。

春夏当然完全不同,从楼顶看去,春天鲜亮,夏季深浓,情景也都非常激动人心。在春夏两个季节,裸露的地面已经很难看到,植物高大茂密,色彩五花八门,人的心思在那时也会彻底乱掉。一种铿锵有力、节奏明显、曲风欢快的音乐在心中和田野上奔放地响起,低音炮似的滚过,逐渐演化成响亮的高音。在那种情况下,人也是很难自持的。

从并不太长的几条街道上穿过去,二铺镇的低级妓女非常多,这连最不开窍的外行也能看出来。

傍晚时分,她们开始出现在街道上,三三两两、扭腰磨腚、不急不躁、东张西望地走着;或者倚在街边的大门旁,手里玩着钥匙扣或者指甲剪,目光涣散,也许是游移不定,看着从街上走过去的人。那些小饭店、小裁缝店、小理发店、小烟酒店,都有她们的身影出没。她们的衣着打扮都不太讲究,很本色,极少浓妆艳抹,完全平民化,有那么几个年轻、肥嫩、较为暴露的,倒显得很刺眼、不协调。不过,她们的眼神跟一般人的都不一样。她们的眼神活泼、火热、大方,至少我是这么感觉的。天黑了以后,街边和各种店门口的她们更多,她们开始大胆地拉扯过路人。对那些三三两两歇班的矿工,她们更是围住不放,胸脯紧紧地贴上去,兰花指也勾来勾去,用当地方言进行的打情骂俏,别有风味,使人听了顺耳,简陋的二铺镇看上去也因此繁华起来。

我和桑小媛较少说话,我们只是心平气和地走着,除非谁提议往哪里走,沉默才会被打破。

镇子太小了,我们连矿工宿舍那些大院都一一逛遍。即便如此,我们也能很快逛出镇子。

镇外就立刻是田野了,还有一两个离镇子较近的村庄。虽然村庄离镇子这么近,但村庄是那么纯粹的村庄,看上去几乎没有受到镇子的一点影响。我们会从村庄中心的一条土路上穿过去。那时候村庄里还有一些狗,但显然那些狗已经被这里无数的矿工打怕了,它们最多靠在自家门板上"哼哼"两声,就再也没有动静了。但它们的警惕性很高,它们会紧贴在门板上或有退路的墙拐角,一直不眨眼地注视着你,注意你的一举一动、一言一行,直到你走出它们的视线为止。桑小媛说:"煤矿的矿工经常私下里逮狗、杀狗吃,方圆十几里的狗都被他们弄得神经兮兮的,矿上的单身矿工宿舍里,深更半夜时常飘散着狗肉的奇香。"我后来才自认为知道了二铺镇上为什么妓女那么多,一个原因是矿上的单身矿工多;而另一个原因,就是单身矿工吃狗肉吃的。狗肉那么壮补,他们炖狗肉时又大把地放干红辣椒、胡椒、花椒、八角、生姜、茴香、陈皮、枸杞,吃了这些东西以后,没有什么人能受得了。

村子里最大的树是一棵大柳树。大柳树长在村子最中间的一大片空地上,较高的梢头总是垒着几堆乌黑的老鸹窝。当我们走到村里的时候,村里的大部分人还没有回家,都还在地里干活,特别是春天和夏天,所以房子上的烟筒冒烟的不多。村庄很安静,某家院子里有敲麦箩的声音,树上鸟群集合时发出鸣叫声,一个男人赤着脚、扛着锹"扑嗒扑嗒"往村外走,没下地而在村里歇息的黄牛半卧在路边"枯吃枯吃"地啃草,猪"哼哼"个不停,小羊"咩咩"叫,鸡正在抓紧找食。

村庄也是直接和田野连在一起的。一般来说,我和桑小媛会直接从镇里走到田野里,而不会再从村庄里拐一大圈。两个人在一起走的时候,总是想往人少的地方去。田野在春天长着麦苗、油菜、蚕豆;夏天长着青玉米、黄豆和绿豆;秋天长着红芋、芝麻、棉花和花生;冬天差不多就一干二净了,只有靠近村庄的地方长着一些大白菜、芫荽之类的东西。不过,刚到冬天的时候,桑小媛就实习期满,回潍州城上班了。

我们各走各的。

在田野里,我们也几乎是各走各的,但也差不多总是在一个起点上。我们绝没有电影或电视里那种热烈的恋爱,挽着胳膊,拉着手,搂搂抱抱,说说笑笑,你追我赶。我们的关系一直有些拘谨、死板。桑小媛不喜欢那一套,我也不懂得主动,我们只会呆头呆脑地走路。

有少数几次,我看见桑小媛顺着田地里的垄沟走到前面去了,我非常希望能有这样的机会,能重新评估一下我对她的印象。我真是不想讲当时的桑小媛什么坏话的,其实这也不是关于她的坏话,都几十年过去了,我还有必要讲她的坏话吗?这只是我眼中的事实罢了。

是的,我在后面看着她,她看起来是那么保守,从衣着、举止到形态,这似乎不是我所期望的,不是我理想中的女人,甚至完全不是我理想中的女人,而是恰恰相反。她真是一点都不性感,一点都不能激起我的愿望或者说是欲望。她剪到脖子的短发,面孔那么生硬,一点都不活泛,脚似乎比一般女孩子的都大,穿的衣服也没有什么腰身,上下都肥肥的(要不就裹得过分地紧),还显得有些笨拙,虽然她脊背挺直,走路也很有精神,但这仍不足以引起别人对她的足够兴趣(我这样认为)。

我灰心、沮丧而失望地跟上桑小媛的脚步。桑小媛似乎丝毫没有察觉我情绪上的变化。我们沿着田埂拐向西边一串长长的水塘。水塘边长着一棵棵歪歪扭扭的桑树,有时候桑条上还有些半青不熟的桑葚,我们常常会摘下它们来吃。我会从较高的地方摘一两个递给桑小嫒。半青的桑葚酸溜溜的,桑小嫒会把身子别过去,"噗"一声把嘴里的桑葚吐掉。"不好吃,不好吃。"她用我们濉州当地的方言土音简短地说:"酸死人了。"说完以后,她就冷冷地别过脸去,一声不吭了。她一点都不会夸张地叫唤,也绝不会咧着嘴皱着眉喊酸:"哎哟,哎哟,酸死了,酸死了,都怪你,都怪你!"她从来都不会这样说,她一点都不会撒娇,一点点都不会撒娇。

经常,我会感觉真扫兴。

我说不清我们的关系是怎样维持下来的,甚至还很顺利地维持下来的,可能全凭感觉,全靠天收。

除了在二铺镇周围农村散步,我们还会在晚饭后,直接骑自行车去新汴河的王闸。

骑车在路上时,天还不黑,砂姜铺成的支线公路两边就是田野。田野里有不少灌木,有一两个看庄稼的窝棚,还有一个用石块垒墙的不小的苗圃。过了苗圃不远,就到新汴河的一个节制闸——王闸了。王闸是一个较高的地方,闸的两边长着一些又高又大的杨树。我和桑小嫒骑车到闸中间,她下车,我的一条腿蹬在石栏杆上,我们就这样看着河水,看着河的上游或下游的风光,偶尔有一辆手扶拖拉机从我们身后"嘭嘭嘭嘭"地慢速开过去。

淮北濉浍大平原上的河流之美真的是没法说出来,河的宽广、天的宽广,以及大平原的宽广、人的心胸的宽广,简直无以言表。新汴河在那时候真的很宽很宽,因为是人工河,它也很直很直,这样,在闸中间就可以往上游、往下游看得很远很远,远到天边地尽、无边无尽。我和桑小媛会这样长时间不说一句话地看,看河的风光,看河两边茂盛的大树,看天宽地阔,看濉浍平原上这些永远充满魅力的乡俗情节。

虽然当时还有这样或那样的不满足,但现在回想起来,青年时期那些两人闲逛的傍晚,竟然还是给我留下了许多不可磨灭的印象,留下了一生中无可替代的美好画面和心情。我们还会下到闸桥下那些小块的平地上去,那儿离河床和水面还有一段路程。那里长着一些很大的杨树,杨树周围的地上长着干爽的野草,在那些长着野草的地上坐一会,看看河水里的动静,也很不错。我们一直看着,一直看着,一直到眼看着红彤彤的夕阳从新汴河的河面上沉没下去。

除去一两次硕果仅存的例外,我们几乎总是在逛完了小镇,或者在逛完了村庄,或者在逛完了新汴河、王闸返回二铺镇以后,只在桑小媛的单身房间里待上片刻,我就骑车返回濉州城了。

不管时间是比较早还是比较晚,桑小媛几乎从未给自己,也未给我任何想入非非的余地。她总是那么冷静,有言在先,为别人考虑得那么周到:"八点半以前我们得赶回去(回二铺镇),你明天还要上班。"或者:"回去太晚不太安全,现在路上有点乱,我又不能送你,你早点走吧。"甚至:"有份材料明天就要,我晚上又得加班了。"桑小媛说这些话的时候,面容冷淡、隔膜、真实,使你无法探测她的深浅,虽然她那时还谈不上有什么沧桑感。这是桑小媛在春末和夏季说的台词。夏季的晚上八点半,确实还不能算晚。如果是在深秋和初冬,她自然会把时间改为六点半,或最迟七点:"天黑了看不见路,那不安全。"或者:"再晚,天就冷了,路上人也少。"

我好像因此而习惯了,没有一丝怨言。我趁着夜色,骑着打足了气的自行车,飞车而返。做一个独行侠,穿越宽广世界,这也是我愿意的。

淡淡的夜色中,公路上无论什么车都少多了,少到几乎没有。我双手撒把,吹着轻快的口哨,悠然前行。那的的确确是个不知道什么叫忧愁的年龄,没有什么不愉快或不满足能在身体里停留超过半小时。我也能很容易在那时想起一些往事,都是很偶然就冒出来的。比如大学毕业刚参加工作,第一次下班骑车从街上走,一不留神前轮碰到一个非常漂亮的女孩子?我赶紧下车,正想用在大学里念书学到和养成的所谓绅士风度向她赔礼,不料说时迟那时快,斜刺里杀出个好打抱不平的男人。那男人看起来个子比我矮,人也不比我壮,他冲过来就当胸打了我一拳,大声招揽式地叫道:"你怎么有意撞人家女孩子?你想要流氓?!"因为是第一天上班,又是在政府部门,我生怕被人看见当街跟人吵架,赶紧百般解释。那个女孩子已经不说话,转身要走了,那个男的却一直大喊大叫,不依不饶,还不住地抓、扯、推、拉我,招来很多人围观。我忍无可忍,摆开架势要和他打架,他却不打了,也不打抱不平了,摇摇手说:"我还有急事,我还有急事,你敢跟我打架? 你在这里访访问问,你还敢跟我打架? 咱们抽空好好打,抽空好好打。"说着,他骑上自行车赶紧就走了。

夜色中,一个人骑着自行车乱跑,最有利于创造性念头的产生,也最容易让人东想西想的,我甚至还会在夜色中拐到一些地方去转转。我会突然冲动,把车头一拐,往南,骑到王闸,再从那里顺新汴河大堤往西骑,一直往西骑。那时一点也不知道什么叫害怕。

夜幕中的新汴河大堤,远离任何村庄和人群聚集的地方,完全是荒原、野地,不可能有一个人的。大堤非常宽阔,靠河的那半边是沙土路,另半边是茂密的树林。树林黝黑,看上去也深不可测,但我甚至会吹着响亮的口哨在大堤上中速骑行,一点都不担心什么。

突然,我发现月亮从树后面升起来了。很弯的一弯月亮,橘黄色,略带点红,那是一个人一生中心情最激动的时刻之一。那一刻,一个人感觉自己离他生命的起源那么近,月亮、河流、洼地、简短的虫鸣、略显清凉的空气、树林、野草丛、季节、隐约的果实的气味、原野、泥土的气息、深远的天空……并且他还是独对那个庄重而亲切的起源,很少有人会同时有如此奇妙的机会、心情和环境面对这一切……河堤下有些水的凉气漫上来,另一边较远处的村庄里有低沉的狗叫声隐约传来,风有时会拂动树林里的树叶,很偶尔的,树林里的草丛中会有一声动物窜动的声音。

月亮从树梢下升上树梢,梦鸟轻啼。从王闸往西大约二十里,过京沪铁路,就是通往濉州的新汴河大桥。从那里往左拐,再骑三两里路,就到北沱河桥了,濉州城就在沱河的河南。

第三卷　我自己

真是对不起,现在,我觉得很对不起掏钱买这本书的朋友,因为这本书到现在为止的这一小部分显得有些凌乱和游离,但这是必需的。当一个六十多岁的男人回忆他年轻岁月的美好光阴时,你真的没有理由粗暴地指责他回忆了这个而不回忆那个,那都是他生命的珍藏,你老了也会这样。再说,我们很快就会进入正题,所有的这一切与正题也都是有着极大的关联的。

以现在的标准看,或者以一直比较富裕的国家的标准看,我这一辈子,一直过的是中等偏下水平的生活;但如果跟我周围的大部分人比较,我一直过的好像又是中等甚至是中等略略偏上的生活了;如果再跟我的父辈、祖父辈比,那我就过着二十世纪五十、六十、七十、八十年代各种政治书上写着的,共产主义的、土豆烧牛肉的生活了。我绝不可能是口袋里撑得拿捏不住自己的那种人,也绝不可能是优雅得叫人几十年以后还羡慕、称道的那种人,当然,也谈不到生活没有保障,吃、穿、住、行都还过得去,该有的都有了,虽然总差那么一两个档次,该花的也都花了,虽然一直觉得手头紧张不敢潇洒。在精神生活上——这自然可以跟物质无关——我还会在一定的时期、一定的环境和一定的心境中,不时有精神贵族的感觉,这也大概就是我了。

我出生于二十世纪某个十月里的某个黎明,是享受到了共和国最甜蜜爱情的一对夫妻的爱情结晶之一。我的出生地是淮河南岸一个叫珠城的城市,在那里的最初的事情我都记不得了,我那时太小了,总是在吃奶。

数年后,甜美爱情的故事有了些破灭的迹象(我指的不是个人),我们全家随父亲迁居淮北濉浍平原一个盛产磐石的地方(父亲任当地的区委书记)。我人生中最早的记忆,就是在那个盛产磐石的地方的山坡上,我和别的孩子一起追捕一只青蛙,并且追到了沟崖上,青蛙在我们的面前高高跃起,姿态那么优美。但是现在的人无法想象那时的物质怎么会那么匮乏,生产能力怎么会那么低下。我们在房前的石板上,用枯柴和碎草烧烤一串串各种类型的蚂蚱,还有那只能够高高地优美地跃起的青蛙,然后津津有味地吞咽。

某一天夜里,很晚很晚了,我终于吃上了粗面制作的面条(我是家里的老小,所有的实在的东西都是先以我为主的,我因此而吃够了面条。在以后的很多很多年里,我都对面条不再感兴趣了),胡萝卜连缨带水一煮就是大半锅,那几乎成了我们每日的主食。

我们离开那个地方是在一个黎明(又是黎明),我记不得是什么季节了,很可能就是秋季,而且是深秋,因为黎明的天气已经很有些凉意了。装载我们和我们全部家当的马车,在黎明时分驶出区委大院以后,我就睡着了。我醒来时已是傍晚,天气又开始凉了,中间的事我都忘了,但我肯定醒来过,还肯定在哪里吃过午饭。

后来我知道,我们离开那个盛产磐石的范围有限的山区之后,就一直行驶在大平原上。颠晃的马车和呵护的父母,对一个孩子来说是最好的摇篮。马车已经驶进濉州城里的一个小巷,并且是直奔我们后来住了很久很久的小巷中的家而去的。小巷两边有着很高很高(在那时的我看来)的青墙,墙砌得又高又长又直,我当时非常惊讶,对城市充满了无限的激动、崇敬和好奇。城市以及那堵青砖墙,在我的心中矗立了很久,直到现在,它还没有完全褪色。

我感激我的出生!我太感激我的出生了!

现在回想起来,我生命中的每一分、每一秒,都是那么有意思、有味道,那么使人留恋。如果不能出生到人世,我真无法想象,我这一辈子怎么熬过去,人世中的各种有趣味的事情,也都只能和我擦肩而过了。

具体地说,我太喜欢淮北的濉浍平原了,我太喜欢江淮大地这块沃土了,我真的是太喜欢江淮大地这个地方了,太喜欢这里的一草一木、地形天气了。我在这里生活的时间越长,我就越是喜欢得不得了,虽然我在这里经常碰得头破血流,经常过得不如意,经常失败、失败、再失败。如果从头说起,那么,我出生是在这里,上学,从小学到大学,都是在这里,工作也是在这里,高兴的事和不高兴的事,都是在这里,我真是太喜欢她了。

假如硬要比较的话,那么表面上看,我对江淮大地的乡镇,比对江淮大地的城市,更有兴趣一些,因为这块大地的许多东西,我觉得,都是散发在乡镇的空气里的。我的第一个记忆是在乡镇,我开始恋爱(和桑小媛)是在乡镇,我和罗心影想要放松放松,也是选择了一个大湖边的一个小镇。那个小镇既是一处革命圣地,又是一处温泉疗养胜地。我们手拉着手坐在车上,那是秋天,真正的秋天,车窗外走着一些很稳健的人,大地色彩斑斓,罗心影身上一种好闻的气味强烈地吸引着我,无须多讲。

我真是太喜欢江淮大地这块地方了,我真是太喜欢她了。

滩州是滩浍平原的一部分,甚至是滩浍平原一个主要的中心。我在滩浍平原、滩州城里,度过了我少年的全部时光和青年的大部分岁月,现在,我又回到了滩州。

从泗州大学毕业之后,我重新回到了滩州。我还能清楚地记得我第一天上班的情景,那是九月的一天早晨,我正式到滩州市政府报到了。那一天没干什么事情,是大扫除,办公室门后就有专门为大扫除准备的长筒靴。

我因为激动、亢奋而头脑清醒,或者说头脑糊涂,我甚至注意到了从皮管子里流出来的水在走道里的流向。这样,当蔡秘书长要求从东往西再冲刷一遍走道的时候,我立刻从人群里站出来纠正他:"应该从西往东再冲一遍,因为,西头的地势比东头高。"

办公室里其他所有的人都手脚湿透地站在走道里呆住了,他们住了手,看着蔡秘书长。"这毛头孩子惹祸了!"现在回忆起来,我相信当时许多人肯定都在心里暗暗地这样想。蔡秘书长却很快挥挥手说:"从西往东?也可以,一样的,一样的,西头光线差,最后再干就看不见了。你们都从西往东吧,从西往东,注意潮虫、老鼠屎、痰迹、死角,还有麻雀屎。"

九月,正好是不冷不热的一个月份,打扫卫生也是适宜的。我真的能清楚地回忆起四十年前的那些情景,连带一些合理的想象。

我浑身是劲地带头拉着水管往西头走去,水"哗哗哗哗"地往东流。到下班之前,办公楼里逐渐安静了下来,几乎所有的工作人员都在收拾东西准备回家。送走接了一个下午电话的宋清泉市长以后(宋市长总是最晚离开办公室的),蔡秘书长笔直地坐在清漆下木纹显现的办公桌后面。

现在,他是这幢大楼里职务最高的人了——市长们在时,这幢楼里市长们说了算;市长们不在时,整个一幢楼就都是他蔡秘书长的了——他有一种责任感和使命感,他两手放在桌上,像战争时期久经考验的军官,腰背笔直地、严肃地、一动不动地长时间思考着,然后站起来走到门口,对着值班室说道:"小唐,请刘康同志来一下。"

我的长筒皮靴还没换掉,我是最后一个收拾完所有的皮管、大扫除用具的。我年轻的身体同样笔直地站立在蔡秘书长的办公室里,从我的身上,蔡秘书长肯定能很清楚地看到自己过去的影子:年轻、锐气和有信心。但蔡秘书长压制住了那种不切实际的想法、感慨和追忆,用诚恳和深思熟虑的语气说:

"刘康同志,我们每天生活、工作在市长们的身边,这是我们的光荣,也是我们的自豪。全市一百多万人民,每天都能见到市长们,每天都要跟市长们说话、打交道的,能有几个?我们的责任就是为市长们服好务。为市长们服好务,也就是为全市人民服好务,这一点,我们全体同志永远都不能忘记!永远不能忘记!我们要牢牢抓住这个根本!"

停顿了一下,蔡秘书长再一次坐正身子,两眼放光,用非常正式的口气,非常庄重地开口向我宣布道:

"刘康同志,从今天开始,你已经步入社会、服务于社会了!"

说实话,我当时激动得脸发烫。我使劲点了点头,崇敬地凝视着坐在办公桌后面的蔡秘书长。

在我眼里,蔡秘书长是极其威严、自信、老到和文明的。他坐得笔直,在他的身后,可能是因为办公楼盖得比较斜的缘故,夕阳从窗子里照进来,深红色的光打在半边墙和蔡秘书长的后背上,使蔡秘书长显得威严并且有气度。虽然城市不如希望的那样令人自豪——从窗口一眼就看到城市的边缘和郊野的树木了,另外,办公室里的蜗牛确实是多了一些,它们在白石灰墙上爬出了许多纵横交错的淡质的痕迹来,而且还有一只正从墙角的橱缝里往外爬——但城市毕竟是城市,权力的威风也会给人留下难忘的印象。

"刘康同志,你可以回去了,明天准时来上班。"我听见蔡秘书长说。

"好的!"我回答。

我并没有立刻回家,而是飞快地蹬着自行车离开城市,进入了从蔡秘书长的窗户里就可以远眺的郊野。

"我参加工作了!我参加工作了!……"

我莫名其妙地对着天空叫了几声。现在想起来,那种激动的心情和激动的表达方式,多少有些不必要、浅薄和无知。随着年龄的增长,特别是过了六十岁以后,我对年轻人的举动多有看不惯,但囿于礼貌和修养,我仍能控制住自己,不会轻易表示出来。他们过他们的,我们过我们的——我说的"他们"和"我们",是指年轻人和老年人,至少,我个人和年轻人是过不到一起的。

回到四十年前的那一幕。

"我参加工作了!我参加工作了!……"

我大叫的地方,是一片很快就会成熟的黄豆地。

因为已经是秋天了,秋天的雨水比较少,黄豆地里的土路是干的,路上的野草也有些干枯,时常有些灰头土脸或青头紫面的蚂蚱,从发干的野草丛里蹦跶出来。我的自行车猛地刹住,车轮前一只大头蝗笨重地往路边的黄豆地里飞去,但只飞得很近它就降落了,落在一片青豆叶上,悠着。它的带倒刺的后腿拼命拉住叶片,青叶翻转,大头蝗倒挂着。

我顺着黄豆地里的小路继续往前蹬。

市区完全在我脑后消失了,黄豆地里的清凉气正在铺排开。我渐渐沉静下来,在黄豆地、芝麻地和秋红芋地之间的土路上无方向无目的地往前骑。一个农民在路边用竹竿打槐树上早熟的槐豆,槐豆如天女散花,经常砸在他头上。一辆破自行车歪倒在路旁的干沟里。我经过田原中心远离村庄的一座红砖垒墙的小学校,小学校里已经看不见一个学生了,只有一面小红旗在竹竿上飘扬,我从铁门外往里看了好半天。

最后,我骑到了一座桥边,从土路岔上了乡村公路,我的双腿也被自行车座磨得有点不舒服了。我下了车,到桥边的秫秸棚子底下喝一碗茶。公路上人很少,偶尔有一两个骑自行车或拉板车、开小四轮的农民过去,他们会停下来跟长着几根胡须、坐在长条凳上吸烟的老年棚主打声招呼,并且也跟我打声招呼,问我是上哪庄的。我和棚主一边闲坐,一边说着这附近乡村的话题,一边眼盯着公路和公路对面看不到边的庄稼地。

"今年这年成还能混。"棚主最后说了这么句话,我就辞别他,付了茶水钱,回城了。

第二天,最早上班的办公室值班室秘书小唐,发现蔡秘书长在他办公室里的窗户上自缢身亡,而值班室的小季却毫无察觉地在值班室里睡了一夜。

蔡秘书长孤零零地吊着,谁也说不清为什么。一直到现在,似乎都没有人能说清楚是为什么。

蔡秘书长的身体在办公室窗户上几乎吊了一夜。

这就是我刚开始工作时的一些情况,对社会的懵懵懂懂的理解以及心情。

的确,那时候的年轻人和现在的年轻人,几乎完全不一样,"多么的过时、老土",现在的年轻人肯定会这样奚落那时候的我们。当然,他们是潇洒的,他们心目中的偶像、权威跟我们的完全不是一回事。他们离土地那么远,而且越来越远,他们在意识中也极力远离土地,远到几乎不再认识土地,当然,更不再认识土地上的痕迹(人工的、非人工的),以及动物、植物,也就是全部生物。"栗子是在地上结的吗?"他们只会从餐桌上认识它们,哪一种味道更鲜美?哪一种在口腔里的感觉更酷?我怀疑,他们心目中到底有没有偶像,有没有权威。偶像,对他们来说就是呕吐对象;神童,他们称之为神经病儿童。我真的对他们一点都不了解,我也不想再了解他们了。

我觉得我的生活是最有价值的,这难道不对吗?

在以后的岁月里,在许多情况下,我行走在我长年生活,以及岳母、岳父还有我父母无数次说起过的这块土地上。他们是说者无心,他们只是回顾回顾他们的生活经历而已。而我呢,却是听者有意,其实也是无意,是无意中对淮北滩浍平原这块地方,在某些方面,主要是即将逝去的某些方面,有了特别的了解,甚至在我们跟随父母从淮北濉浍平原的濉州搬迁到淮河之南的淝州以后,我仍然经常往濉河、新汴河、潼河、沱河和浍河的两岸跑,桑小媛更是如此。当然,我们俩的情况有所不同,她是因为工作;而我呢,纯属痴情。

第四卷　热夏的苦恋

好了,现在我们终于可以进入主题了。

在暮春明丽阳光的照耀下,一个并不丰满的头颅,从山路拐弯处一片嫩绿的树丛后显露出来,那个人就是我。

我拐过山弯,面前是一大片呈扇形展开的山坡,坡顶就是年代久远的山神庙。山坡上怪石嶙峋、奇石当道,石缝里野草蔓生、花朵片片,就是不长树,一棵树都不长,连灌木都不见一棵,因此山坡就显得"干净""清爽",视界也开阔得要命。

从山坡上往下看去,真正是大好河山,碧空蓝天,青气少许,山道缠绕,一条白花花的山溪从山背后曲延爬出,一直泻向山外。山溪的两边,净是黄花青杖,黄花是油菜花,青枝是那些小麦什么的,还有一些结果子的树,长在田缝里、溪流边、青屋旁、悬崖畔。山弯子里藏着几户人家,青砖红瓦,分分明明的,一些树长在那些人家的门前院后,显得格外茂盛、旺健。

我正在这么看着,后面的几个人陆续地跟上来了,其实,我刚才离他们并不远,也就二三十步路的样子。一个男人叫道:"小刘,你替我们的主持小姐拿拿包,现在正是你主动表现的大好时机。她们都累得不轻,手里一两一钱东西都不想拿了。"

他话音才落,一位脖子上搭着绿色花丝巾的年轻小姐,已经把肩上的一个小皮包递了过来。我赶紧上前接住,嘴里说:"这是应该的,应该的。"其实我知道,爬这样的山,她们都不怎么会累,但这种互相帮助的行动,对融洽主宾气氛,很有好处。

说了几句笑话,再往上走,就不是很远了,不时能看见山神庙的飞檐屋角,还能看见庙宇周围的参天古树。但他们都走得慢,一边走,一边看,一边说,走一步,停两步,说三句,还喊了几声山,喊过了都笑得直不起腰来,小小的一段路,也走了有二三十分钟。

进了庙门,客人们都找了地方坐下,庙间的住持张罗着给大家洗脸,弄点茶水喝。歇过了,客人们又都去抽了签。抽过签,点评过了,看风景。看过风景,也歇够了,才踩着满山风光,慢慢下山。

"刘秘书,你是桑小媛主任的爱人吧?"来拿包的时候,年轻美丽的主持小姐问我。我说:"就是的。""桑主任真是很能干的,大家一致公认。""她,还好吧!"我只有适度谦虚。

如果从表面上,在大庭广众之中,看一个人,那你真的什么都看不出来;如果让你预测一个人明后天会有什么事情发生,那百分之九十九你是错的。

那位在山上请我拿包的主持小姐,就是罗心影。

说老实话,因为某种工作的关系,陪市里的,那次也是桑小媛她们局里的客人游山,对年轻的主持小姐,我当时是不敢也不会有一点非分之想的。我的任务就是为她们做好服务工作,让她们玩得愉快,不虚潍州一行。在山上、山下,在个近不远的地方看她们抽签,看她们洗脸,看她们喝水,看她们靠在墙上,看她们录像做节目,看她们说一些她们感兴趣的话题,看她们的一举一动,我都觉得她们离我很远很远。

好些年以后的一个夏日,在省城泖州的一个饭局上,再见到罗心影时,我差一点没认出她来。我们俩都有些惊奇的感觉,因为多年后两个曾经偶然相逢的人还能偶然相逢,而且是在共同生沿、共同工作的同一个城市。

"调过来了吧?"

"是的,调过来了。"我说。

"调到哪里了?"

"调到社科联了。主要还是因为我父母搬过来了,他们住在干休所。"

"桑主任也调过来了?"罗心影指的是桑小媛。

"她也调过来了。"我说,"但两个月前她又调回潍州了。"

"为什么又调回去了,而不是留在省城?"

"潍州那边要她,回去当国土资源局的副局长。另外,她父母身边没人,也想让她回去。"

我们竟还坐在同一张饭桌的相邻的座位。

不知道为什么,那晚我们俩的兴致都很高,除了与别人的适当应酬外,大部分时间,都是我们俩在低着头说话,她的柔顺的五四女青年式发型,她的棕色的高档半高跟鞋(低头时我就能看到,包括金属扣),她的芬芳气味,她的饱满、有质感的声音……

一位跟罗心影很熟的老画家,颇含醋意地用半质询的口气大声问我们:"刘康、罗心影,你们俩低着头在说什么悄悄话?!"我解释说,我们大约十年前(其实是六七年前,人在饭局上说话容易出现这种情况,喜欢说整数的情况)曾经在潍州见过面,这次偶然见到,有些惊奇。

大家对我的话还有点感兴趣。其实在饭桌上,总是要无话找话的,一个偶然的话题就能够成为饭桌上的主题。但话题归话题,话题只是为了打发时间,别人不大会认真,不大会记住的。应大家的要求,我们又简单介绍了我们认识的过程。这之后,话题转到了潍州,转到了我以前在潍州时工作的单位,转到了潍州城貌,转到了潍州的山神庙,转到了淮北的潍浍平原,转到了江淮两边的气候,转到了泗州城近来的高温,转到了高温天气下的一起火灾,转到了城市管理,最后转到了社会体制,转到了新近在大众中出版发行的打油诗、顺口溜。

还有些带荤的,女士们都低眉顺眼地侧着耳朵听。

"女士们可以充耳不闻、充耳不闻。喝不喝先倒上,吸不吸先点上,搞不搞先套上。"

那些食客对吃也都有很深的功夫。吃到螃蟹的时候,他们就会进行很有专业水准的议论:"这只螃蟹是死的,但不超过两小时,还能吃。"埋单人立刻反对:"怎么会是死的? 如果有死的,拿酒店老板是问! 把酒店封了!"有人请教:"怎么知道是死的,还不超过两小时?""能吃出来,能吃出来,两小时以后,蟹壳和蟹肉就开始分离了。"

"不可能! 我说不可能!"

餐桌上大乱。

我们正好说我们的。

"我们正在搞运动会,全省广播电视新闻出版界的,就在市体育馆,明天还有一天,有时间去给我们加加油。"罗心影说。

"你参加什么项目?"

"短跑,一百米。"

"我肯定会去的。"

散席前,我和罗心影交换了电话号码。

回到家,我立刻打开电视,寻找罗心影的节目,但是没找到,我很后悔没有问清罗心影节目的时间。第二天早晨,我专门跑到街上买了一份电视报,我好像很兴奋,莫名地兴奋。我在电视报上查找罗心影的节目,我喝茶,我进卫生间,我站在窗口往外看,我继续查找,用铅笔勾画,我吹口哨,我到办公室转了一圈以后,就赶往市体育馆。

那是不阴不晴的一天,我赶到市体育馆,比赛尚未开始,但看台上和赛场上都已经有一些人了。当然,看台上人很少,这不是什么很吸引人的体育比赛,观众肯定也都是有关人士。

我在看台上坐了一会,时间似乎还早。我站起来围着看台走了一圈,我的心情很放松,我很悠闲,我发现看台后面种着许多月季,以及别的花。月季们长得还算好,开出了五颜六色的花,冬青被修剪得很圆和,迎春四面披散着,还有蔷薇,蔷薇长得很疯,已经爬满了铁栏杆制成的围栏。汽车在铁围栏外面奔驰,行人慢慢走过去,一直不间断。水泥看台的背阴处有许多蜗牛爬过的痕迹,我想起了潍州市蔡秘书长的办公室。生活中所有的细节似乎都是有关联的。

我突然认为:优雅的心态很重要。

我听到一声哨音,似乎是比赛开始了。

我回到看台上坐下,一群中学生模样的小女生出现在我左边不是很远的地方。"不要太搞笑。"她们反复说了这个句子,因此我印象较深。她们说个不停,时而尖叫,另一些人三三两两地分散在看台上。广播响起来,一群白鸽从天空飞过,使比赛的气氛松弛,使比赛变得像孩子们的游戏。发令枪响过,一股白烟慢慢飘向不阴不晴的天空,是女子跨栏比赛,"一百米跑,一百米跑。"我在赛场上寻找罗心影,但没能找到。赛场的草地里也有一些人,但那是在准备跳高、跳远的一些人,应该跟罗心影无关。

这就是那个闷热的夏天。

温度渐渐有些上升,广播喇叭还在音质不纯地响着。

过了较长时间,是女子一百米了,我突然听到了这种预报,我在那些做准备的运动员里寻找罗心影。她在,罗心影在,她真的不知道什么时候出现了。我兴奋地站立起来,向她挥挥手。但是,她不可能看到的,我们离得比较远,再说,她现在肯定不会太注意别的人,以及别的事。我心跳有点加速,期待地看着那一群人,皮肉的颜色。枪很快响了,我发现我的耳边已经没有任何声音了,红色跑道上的女孩子都快速跑动起来,但是很明显,罗心影跑在最前面,她在这个项目上有绝对的优势,另外,也有绝对的姿势。

我屏住呼吸,我的呼吸真停止了。罗心影真的很优秀,罗心影的腿真长,真是健美有力。我似乎看见她用慢动作从我面前飞过,头、胸、腹、四肢,分解了的慢动作。她穿着贴身的白短裤,紧身的小背心,湖蓝色,下肢长,上身短,头较小,略微上昂,步幅很大,全身张开,全身充分张开,脸上甚至还有一些微笑,头发微张,从我眼前,可以这么说,她从我眼前飞掠而过,她激起的空气的波涛扑面而来。我简直目瞪口呆,我所见过的最美的美神,最美的运动女神,太完美了,太矫健了!我无法形容,她的体温,她的芳香,她的微笑,从我面前掠过,我几乎惊倒。

我绕场大半周,不知是怎样走到她面前的。她跟许多人在一起,但她比那些女孩子都高些,脸上微微有些出汗。

"罗心影。"

"是你,刘康?你好!"她很高兴。

"你跑得太快了,像一阵风,祝贺你夺冠!"我向她祝贺。

"谢谢你,刘康,谢谢你来看我比赛!"

她周围有许多人,不断有人来问她什么,有一个人连续来了三次,她好像还有不少事,我只好走开。

"再见,罗心影,我要走了。"

"再见,刘康,常联系。"

缘分。是的,缘分。什么叫缘分?这就叫缘分。我坚持这样认为。

"再见,刘康,常联系。"我琢磨着罗心影的这句话,这是我立刻就准备抓住的一句口实。

我好像突然过得充实了,有事情可干了,好像有了一种期待,有了某种目标,在有罗心影节目的那一天,我似乎一直在躁动着,心神不安着,一直在哪里都坐不下来,思维涣散。

等待的时间很难过。

我还记得那一天吃的西瓜真甜,不是一般的甜,是真甜,甜中还带有一股小香瓜的甜香味,令人久久难忘。

在三四十年前,甚至在一二十年前,西瓜都是甜的,或者是很甜的。时间离我们越近,西瓜香甜的感觉就越淡,直至淡到淡而无味。别的很多东西也都是这样的,比如鸡、鸭、鱼、肉、小青菜、茄子、芫荽、西红柿、哈密瓜、荠菜、香椿头、桃、杏等等,化肥、水质、温度、空气质量、人的心情、科学技术等等,影响了它们的成长,改变了它们的品质,从口味上说,它们越来越变得大不如从前了。

那一天还有一个微缩田野的事情。

那是桑小媛回潍州之前留下来的一个西瓜,放在沙发一头的地面上。正午,听到股评节目开始的音乐声时,我起身捧起西瓜,往厨房走去。我突然看见西瓜的瓜皮上,有一些刻画出来的图形,有鱼,有飞翔的鸟,有狗,还有一些看不出名目的动物。因为这是从未遇到过的事情,我愣怔了一下,捧着西瓜,一时站在厨房门口发呆。当时我想,这些图形的刻画,肯定是在西瓜生长的早期,因为图形的刻痕已经深入瓜皮的内部了,个别地方还因为西瓜的不断生长而显出了裂迹。我想象不出,这是江淮大地一个什么地方的一个什么样的瓜农,出于什么样的心情和动机(是出于兴趣?还是无聊?还是创造?),又是在什么情况下(是即兴还是有备而来?),完成这一次创作的。

但是,我知道这种标准的画面:夏季的瓜园,从小河较为舒缓的堤坡上开始,一直延展到田野里一条小路的旁边。瓜田里开了一些小的浅沟,那是排水和浇灌用的。青嫩的野草总是不厌其烦地从蜿蜒不绝的瓜秧旁边长出来,当然,在管理得好的瓜田里,它们消失得也同样快。暴雨后的乡村,天空翠绿得像西瓜皮一样,鲜亮、洁净。一个穿发黄的白背心的男人,从低矮的瓜棚里钻出来,嘴上叼着不着火的烟卷,在空无一人的田野里,这儿站站,那儿看看,完全是有闲和没有那回事的样子。

我就是这样胡思乱想着度过那闷热的一天的。

在父母那里吃过晚饭,我回到自己的家。

晚间的电视节目开始了,按照平常的习惯,我和许多人一样,都是从《新闻联播》开始看的,新闻之后是天气预报,天气预报之后开始乱找台。虽然电视节目经常十分乏味,但没有别的事情做时,也就只能待在电视跟前了。

按照电视报上的说法,罗心影那档直播节目,应该在夜里十点开始。的确晚了点,特别是如果在秋冬季节,没有耐心的人,没有兴趣的人,很难与它相遇。不过,这倒合我的胃口。如果罗心影太红……那不好。总之,我不希望她太红,这是那晚我心里的真实想法。

我似乎在做充分的准备,我把记有罗心影电话号码的本子放在床头柜上,我开了空调,半躺在床上,早早把台调到浥州频道,除去电视里的无聊声音外,家里那么安静,这使我放心,也使我安心。"电视媒体的好处,就在这里,它能在你眼前展示一个全新的世界。"我突然这么不伦不类、一语双关地想,我像是面临一种神秘的游戏,不由得兴奋起来。

时间到了,但罗心影并没有出现,出现的倒是一个面目可憎的戴眼镜的男人。我坐直身体,眼睛一直在电视里寻找,一点不分神地在电视里寻找,直到那个聊天节目结束,罗心影也没有出现。

我深深地失望,心情好像受到了打击,比白天更加烦躁。节目结束,我立即跳下床,关掉电视,出门上街。

街上人还不少。

我恢恢地走到河边,河边的公园里有人唱着卡拉OK。我站在桥头听一个女孩子唱歌,说心里话,她歌唱得真好,水平真不低。她的通俗歌曲唱得十分地道,嗓子哑哑的,非常有味道,整个城市似乎都是她的音箱。世界真大,人才真多,这种想法使我激动。

我慢慢地忘记了一切。和别人一样,我心情凝重地在桥上晃着。随着河面上虽然有些发臭但仍属凉爽的夜风吹来,我心里逐渐恢复了平静,对罗心影的"失约",我也有所谅解。

现在,我真的要"正式"地讲到电视节目主持人罗心影了。

我的心在晃动,我的心那时候经常是在猛烈地晃动,现在还是。这不是别的什么原因,是我对罗心影莫名其妙的特别感觉。

我几乎是闭上眼就能够描画出罗心影的大致轮廓。这不大容易,你打算在心目中,不使用理智,也不费劲,就大致描画出一个人来,那很不容易,在大多数情况下,那不可能。

我闭上了眼睛。罗心影个子挺高,和桑小媛差不多,但她比桑小媛更苗条些。她的手指细细的、长长的;她的腿也是白白的、长长的,像舞蹈演员的腿;她的脸不是那种特别漂亮的,当然也不是不漂亮,是介于漂亮和端正之间的,其实还是漂亮,甚至能算是很漂亮,而且很有味道,很耐人寻味。她起初的发型,我是说我在潍州刚认识她时,她的发型,是小辫子,一个,或者两个,后来在泗州见到她,她的发型变成了往里弯的短发,再后来,她的头发染黄了,小黄毛,变成了超级短发王。

我真是有点心神混乱、语无伦次了。

我该说什么了？对了，我只是想翻来覆去地说，那是夏天，是的，或者说，那是春天。夏天，是在江淮之间的泗州，而春天，是在淮北滩浍平原的濉州。在濉州时，我作为濉州市市政府的代表，和桑小媛他们一起或者分别接待她们，在酒店吃过一顿饭，在乡下和山上转过半天，在宾馆里说过半小时客气话，仅此而已。当时我对罗心影的印象，说实话，并不是很深，只觉得她们作为主持人，都清新靓丽，都训练有素，待人也都落落大方，那其实是对她们这一行当的整体印象，并不过多地牵扯到个人。

真的，真的有好多年过去了。

我夜晚做着一些梦，我梦见光亮从天空闪过，天空下有一些陌生的大地，大地上盖着一些大楼，大楼上种着一些大树，大树上长着一些绒毛，绒毛随着风的吹拂而飘散，那就是人类。人类落地生根，蠢蠢欲动，什么事情都能干出来，什么事情也都敢干出来。

"刘康，你好，怎么是你？"

"为什么不能是我？你希望是谁？"

好了，我得回到那个夏天了，回到那个伏季刚要开始，或者伏季已经开始的夏天了。

又过了几天，也许只有一两天，我终于等来了罗心影的节目，我搬了个折叠椅，坐到电视跟前看。

我一秒不漏地把节目看完，广告刚开始，我就回到床头，给罗心影的直播室打电话。但是电话一直在占线,我喘了口气,用免提拨了无数次号,那边却一直在占线。我心烦意乱,最后几乎要放弃,我差点被我的"自作多情"的想法给击溃。但一种无形的东西支配着我,神秘感也终于占了上风,空调带来的清凉也起了作用,我安静下来。十多分钟后,电话终于拨通。

不必想象,罗心影被人喊来接电话时,她会有几分惊奇。我们的对话也进行得很快,这是起初还不很熟悉的人的一种自我的和相互的保护措施,是为了不使谈话中断。

"刘康?你好,怎么是你?""没想到吧?""没想到!""今天晚上看电视,突然看到你的节目了,就从头看到尾,我觉得很不错,就想给你打个电话,试试看能不能打通,对你说说我的感觉。没想到一打就通了,你主持得挺不错的!""真的吗?""真的。""不掺假?""不掺假。""谢谢你。"

从罗心影的口气里,我能听出她此刻的心情。其实,从电话接通后,我就一直竖着耳朵听她说的每一个字,听她说话的心情,如果略有不对,我打算马上逃之夭夭。很好,我感觉,很好,罗心影声音清亮,吐字清楚,心情很好,她一点都没打算把电话挂掉。

"刚才也有朋友打电话来,他们说还算有青春气息,但是,深度不够。"她甚至还兴致勃勃,主动跟我攀谈起来,"这类节目真是不好办的,电视节目本身就要有娱乐性,但娱乐多了,又俗了。"

"是的。"我说,"我最近看了一本书,是谈青少年成长的,书中说,自立,是青少年成长的主要课题之一,但它常常被夸张为背叛家庭。其实不是这么回事,对大多数青少年来说,所谓自立,不是在某一个具体的时刻,向父母做一个傲慢的再见手势,然后就出发到无限广阔的世界上去寻找自己的未来。自立意味着自由处理家庭日常事务,自愿建立新的人际关系,自主决定政治文化信仰,自主决定未来的职业,等等。"

罗心影显然在电话那头认真听着,也可能是出于礼貌,因为是第一次通电话。隔一个适当的间隔,她就会说一句"是这样的",或者"没错",或者"这确实有道理"。

真是奇怪,太奇怪了,我都不知道自己从哪里找出来的这些狗屁道理,这些无聊理论,这些看似机智、智慧的谈吐。但我当时竟能发挥得那么好,脑袋里刹那间冒出来那么多乱七八糟的东西,口才也出人意料地好了起来,滔滔不绝、夸夸其谈、口若悬河,真是匪夷所思。

谢天谢地,我想起来了,这正好是我前些日子整理一篇报告时读到的一些参考文章里的东西,没想到我的半瓶子醋竟然派上了用场。

"当青少年出现背叛时,他一定会反对父母赞成的东西。"
我们又谈到了"青少年的背叛"。

"当青少年出现背叛时,他常用否定性语言来表示本人的态度,他一定会规定自己的所作所为,是父母反对的。如果父母说山楂可以开胃帮助消化,他会说山楂太酸,对牙齿有害;如果他的父母要他关掉电视机去学习,他就偏要开电视机,他会说这时脑子学不进去。显然,这个时期青少年的决定是以父母的态度为对立面的,而不是以正确的思考为根据的,他们的作为和评价,事实上取决于父母的观点和意见,青少年的这个阶段被称为'否定性依靠'阶段。"

如果我抄袭了某本专业书,那我非常抱歉,因为连我自己都记不得这些书面语调很重的话,是从哪里蹿来的了。而且,太荒唐了,这些文绉绉的东西,怎么会在我的日常生活中出现?但是,我不能不承认,它们出现在这种环境下,是合适得不能再合适了,是适得其所。我感觉,与我浑浑噩噩的日常生活相比,此刻,我的基因正在被激活,我的心态正在变得更年轻,我的心理标准正在向更年轻的、大约年轻我十岁(不到)的生气勃勃的罗心影靠拢。这是合理的,人体自动调节心理平衡的能力,真是没话说!

"另外,父母本身对子女也常持矛盾态度:一方面,他们希望青年自立,自主决策,告别童年,告别幼稚,闯荡社会;但是另一方面,他们又害怕青年自立带来的一些不良后果,特别是性和性生活方面的后果,有时,他们还嫉妒青年的理想和机遇……"

说到这里,我不失时机地打断了自己的演讲,我说:"对不起,罗心影,这么晚了,你也该下班了吧?"

我倾听她的声音,她说:"这里一个人都没有了。"电话那端果然很安静。

"你总是一个人回家吗？这么晚一个人回家害不害怕？要么,我去送你一次？我正好要出去走走。"我努力用平淡的口气说。

骗人的谎话。显然是骗人的谎话！我肯定是个不会撒谎的人。

真可怕！我发现,一个人要是疯了真无耻！一个人要是陷入一种他自己制造但又不能控制的情绪中真可怕！那跟疯了又有什么大区别？我突然发现,我自己真可怕！一个人疯了真可怕！一个人真可怕！太无耻了！一个人突然就可以这么无耻、这么可怕！

"谢谢你,不用了。"罗心影在电话里似乎很平静地说,"不过,听你说话很受启发。有时间再给我打电话,或者我给你打电话,好吗？如果不上班,我一般都在家里。"

我松了一口气,说:"好的。"

这次电话打了将近四十分钟。

挂断电话,我跳了起来,从床上跳了下来,跳到了地上。但因为立足不稳,我"咣当"一声,又重重地摔倒在床上,屁股摔得很疼,我龇牙咧嘴,"嗷嗷"怪叫。叫过之后,我又跳了起来,我在房里"嗷嗷"乱叫,跳个不停,兴奋得不得了,兴奋得停不下来。

成功了！这是我的第一个想法,虽然我也算是被拒绝了,但我感觉,那只是女孩子对付男性的一种必然手续。我在房间里简直待不下去,我喝水,再喝水,开冰箱,关冰箱,吃桃子。我像一只无头苍蝇,在屋里乱转。最后,我关了空调,杀向街道闹市。

我相信,任何人都有因兴奋(或烦恼)而在夜市乱逛的经历。快十二点时,我虽然腿脚累了,但仍不想回家。

我迈步进了录像厅。

我想起了关于录像厅的一些事情。

录像厅是我日常烦闷时常去的地方。录像厅里放映的都是在国营电影院看不到的片子,但良莠不齐,以盗版片为主。所以在二十世纪有一段时间,占据了某种娱乐优势的美国佬,总是盯着中国的盗版片,说是什么知识产权。我很庆幸,有不少有点名气的片子,比如《钢琴课》,比如《本能》,比如《与狼共舞》,比如《通俗小说》,我都是在录像厅里看的盗版片。结构怪异、演技高超的《通俗小说》,甚至还被翻译成了好几个稀奇古怪的名字:《黑色通缉令》《两个亡命徒》以及《低俗小说》。

最怪的是,有一次,我们单位不知谁出的馊主意,单位出钱,男女集体去录像厅看《本能》。那是个条件不错的录像厅,不大,人挨得都不远。画面开阔,当放到男女在床上疯狂做爱的镜头时,气氛非常不自然。走出录像厅,男女都不敢看别人的脸,但不说一句话也不好,就纷纷离题千里地说:"这片子什么乱七八糟的东西,看不懂。"录像厅唯一不足的地方,就是那些投影都不是十分清晰,总觉得朦朦胧胧的,这与盗版片大部分都有肉欲镜头倒也吻合。夏天录像厅是个很好的去处,没有时间限制,想待多久就待多久,里面空调很凉,还有各种冷饮出售,人也不多,一个人可以占据许多座位,腿脚想怎么放都可以。虽然带布套的座椅摸上去感觉可能有很厚的一层油泥,但暗淡的光线之下,什么都看不见,也就无所谓了。

我在录像厅待了半小时就出来了。我困了。

和罗心影通过电话以后的那几天,有些难熬。

我每天往她家里打一次电话,有时候用普通话,有时候换潍州方言,有时候学所谓的广东普通话,甚至还有一次,我竟然先"哈罗""哈罗"两声,接着用半瓶子醋英语问了一声好。学过英语的人都知道,这种问候语是最简单的,白痴都能学会。听出接电话的不是罗心影后,我才改用外国留学生式的普通话,问罗心影在不在家。

电话里,一个女孩子嗲嗲又嗲嗲的声音总是说:"您找谁?""她不在家。""她出差了。""她又出差了。""她没回来。""她还没回来。"我很惊奇,女孩子的普通话,声音细细的、慢慢的,非常非常地有味道,非常非常地嗲。通话结束时,我总是问:"她什么时候回来?"她也总是回答:"那我不知道。"我又问:"你是谁?"她说:"我是她家小保姆。"

盛夏酷暑,我有些沮丧,失去了生活目标,日子没法过,只好一天一天想办法挨过去,除了每天打鱼晒网式的上班,参加我们

社科联组织的一次会议以外,我大致还做了这样一些事:

和几位大学同学去乡下钓过一次鱼。一位同学在省乡镇企业局当处长,经常有人请他下乡钓鱼,他已经钓腻了,但有时又推不掉,就邀亲朋好友同学一块去。星期六或星期天,一般是星期六,对方早上开车来,一家一家接人,管吃、管喝、管抽(烟)。从鱼塘里钓上来的鱼都归自己,钓不上来也没关系,临走时人家肯定要捞一两网送的,不可能不满载而归。我那位同学自己并不钓,他酒足饭饱以后只会在渔场办公室睡觉。他一个星期每天吃吃喝喝、跳舞唱歌也太累了,正好借这个机会睡觉。一觉醒来,太阳落下去了,天也凉爽了,亲友同学也尽兴了,一个星期的觉也都补齐了,也就该回家了。

参加了一次由我们社科联、共青团、文联、科协、工会和妇联这些群团部门联合举办的保龄球比赛。我其实对保龄球一窍不通,从未玩过,但第一局我就打了一百一十四分,这使我对这种娱乐兼体育项目信心大增。第二局我又打了一百多分,但已经明显捉襟见肘,我的胳膊已经发软,腿也有些发飘,腰也有些发酸了。同时,我还对自己的姿势产生了怀疑,我怀疑自己的姿势太女人味,腿一别,手一勾,腰一扭,这些都让我感觉不舒服,虽然我发现每个人的姿势都是这样的。于是,到第三局,我干脆只打了六十多分,扔出去的球大部分都顺着边沟溜跑了。从此,我对保龄球再也提不起兴趣了。

太阳火爆,洗澡后,在空调房间里抚摸自己的身体。我是从穿衣镜里看到自己的身体的,刚洗完澡,还没穿衣服,我突然感觉很迷恋它,迷恋我的身体。从上到下,从头到脚,它是那么光滑、自我、自信、生动,胸前皮肤上的一粒小黑痣,腋下一小片不服帖的黑色腋毛,膝外侧略上大腿处像生过孩子的女人那样的橘皮。我从上到下,一遍一遍,慢慢地抚过我的身体,音箱里正响着一首通俗歌曲,那个短时间里,我好像找到了我与生俱来的某种感觉。我是早晨出生的,我儿子也是早晨出生的,对了,我找到了那种早晨出生的感觉,一种一切都开始了,一切从零开始了的感觉,但也不是没有一点困惑,太阳上山,太阳下山,大风吹,大风吹,忘记了谁?想起了谁?有没有荒废?从头到尾,再数一回,再数一回,忽然天亮,忽然天黑,诸如此类,远走高飞,一二三岁,四五六岁,千秋万岁!千秋万岁!我的自恋症很快就过去了,我安静下来,躺到床上,随手拿起一本书看起来。

上班时,同一只黑花蚊子进行了一场生死搏斗。当然,这里所说的生与死,只是对那只蚊子而言。我坐在办公室的藤椅上,一只黑花蚊子不知从哪里飞来,叮咬我的小腿。我一疼,腿一缩,手一伸,那只蚊子飞起来,被我看到了。像通常我们碰到蚊子一样,我急速地用两掌去拍它,它一眨眼就飞得不见影了。但我正要重新呆坐,它却又出现了,在我的头、脸和胳膊上绕来绕去地飞,非常烦人。于是,我索性把光光的腿架到桌子上,引诱它,也方便我打击它。不一会,它像直升机一样,慢慢地降落在我的小臂上,尾巴一翘一翘的。我让它叮,估计它已叮入皮肤了,我猛然一掌下去,它却又没影了。我身上、地上、桌上、椅子上,找来找去找不到,不知是被我大力一掌打化了呢,还是从我掌下逃走了,可是死不见尸,也让人没有胜利的喜悦。我看看时间,下班还早,虽说在单位里大家基本上来去自由,也没有什么迟到早退的概念,可我不知道到哪里去,去做什么。于是,我继续呆坐。不一会,那只蚊子又出现了,从椅子底下,慢慢升上来。我一动不动,盯着它飞。它倒很有耐心,在我大腿上下、头脸左右、胳膊前后盘旋,一直不落下。我跟它比耐心,比意志。它在我左臂上落下了,但很快又飞起来。后来,它又落下了,落在我右大腿上,我坚持不动,给它叮,直到我觉得被叮处有些痒痒了,才猛然一掌下去。痛快!这一击完全奏效,黑花大蚊一抽一抽死在我掌下。我用两指捏着它的尸体,凑到眼前仔细研究,长长的花腿,细瘦的腰身,我研究了好一会才把它丢掉,然后站起来收拾好东西,回家。

给一个学习班讲过一课江淮文史,讲过一课古代汉语。昂首挺胸、夸夸其谈,也差不多算口若悬河了。潍阜铁路建设始末,由修小铁路到修大铁路;江淮儿女送瘟神,掀起灭螺运动新高潮;1912年10月18号,孙中山一行乘联鲸号军舰抵安徽;皖人张恨水义卖字画;李鸿章家族海上沉浮;周恩来与淮河治理;小岗村"秘密契约"的内部新闻;苏雪林先生在安庆;蚌埠解放后的肃毒禁娼工作;肥西的剿匪肃特工作;淠史杭灌溉工程总览;和县猿人遗址发掘;潜山薛家岗新石器时代遗址考古;澳门陈姓家族亳州寻根始末;新中国成立初期发生在无为县的"毛人水怪"事件。初,郑武公取于申,曰武姜。祭仲曰:"都城过百雉,国之害也。"楚子使舆师言曰:"君处北海,寡人处南海,唯是风马牛不相及也。"郑人游于乡校,以论执政。宫之奇谏曰:"虢,虞之表也,谚所谓'辅车相依,唇亡而齿寒'者,其虞虢之谓也。"子曰:"人无远虑,必有近忧。"子曰:"当仁,不让于师。"子曰:"无欲速,无见小利。欲速则不达,见小利则大事不成。"子曰:"见贤思齐焉,见不贤而内自省也。"秦王车裂商君以徇,力不足者中道而废,之乎者也,尚有味道。

给桑小嫒送她调返潍州的有关档案材料(虽说档案材料不允许个人持有,但熟人之间都是那么做的),回了一趟潍州,但时间很短,上午到,中午在岳母家吃了一顿饭,有岳母拿手的姜醋汁面筋汤、桑小嫒的红烧带鱼;和刘潍州,也就是我儿子,严肃地谈了一次话。他不好好学习,成了一个足球迷,买了无数份足球报,电视里所有的足球赛他都要看,暑期里学业完全荒废。外婆、外公惯着他,桑小嫒又完全管不住他,也没时间管他,他自己又由着自己的性子。"开学了立刻回泗州爷爷奶奶家!——不,过两天就回泗州!"我向他下了死命令。曾经有一次,我带他去开发区的一处建筑工地,看建筑工人在酷暑下挥汗干活。后来我对他说:"不好好学习,考不上重点大学,他们就是你的榜样。"我当然不是说当建筑工人不好,也不是想贬低建筑工人,我只是想吓唬吓唬儿子罢了。还有一次,我带他去汽车站,看那些私人汽车拉客,看那些人吵成一团,为一个旅客说干了嘴。我仍然老一套地对他说:"好好看看,想过上好日子,就要努力学习,不然,就只能去干这种活。"说到桑小媛,我也要说明几句,她执意要再回潍州。"我对泗州没有好感。"她的脸拉得很长,目中无人,十分武断、自我,甚至飞扬跋扈。她经常拉出这种男人绝不会喜欢的可恶脸型,没有一点商量的余地。她总是这样说话,而且发自内心,态度十分坚决,不做任何解释。我们还为此争吵过,我一直搞不清她的真实想法,我也不知道她为什么要这样。"我在这里没有前途,一切都要从头开始。"她还这样说。怎么会呢?虽然两市平级,但泗州是省会,码头总比潍州要大一点吧。我们过不到头的,绝对绝对过不到头的!一有合适的女孩子就跟她再见!再也不见到她!永远不见到她!过了些时候,在适当的情况下她才会说:"副处级的台阶很重要,我在潍州有基础,以后再提升回泗州不是更好?!再说,我爸爸需要有人照顾。"坚决不能要她!现在我又一次这样想。但吃过午饭回到我们自己的家里以后,按照惯例,即我每次回潍州或她每次到泗州的惯例,我仍然满怀激情地跟她做了一次爱。激烈的搏斗,气喘吁吁的扭打,这里那里的一点小痛、小伤,每次她不受点小痛小伤就会觉得事情没做好,没过瘾。当天下午,我就回泗州了。

到一位朋友新开的酒店吃了一顿饭。吃饭时大家说起这位朋友,趁他不在场,都认真地评价他为社会混子(不是恶意的)。

但他也还算混得不错。最早时他在农村画画,有一次在九华山,他正装模作样地画山、画庙,被一个不长眼的外国小妞看见了。外国妞看见什么中国的东西都觉得新奇,也谈不上什么判断力,被他七哄八骗,骗回农村家里上了床。反正外国女人跟人上床也不算什么大事,另外,说不定人家也是图个新鲜,睡了几天,赞助他两千美元画画,就拜拜了。因为有这段历史,这位朋友拿这两千美元,来省城开了家小面包铺,五七年过去,又开了这家不大不小的新潮酒店,门前摆着泥蟑螂,门上挂着草蜈蚣,大堂和包厢里的画都是他自己的杰作。生意还能勉强凑合,现在有个五六十万不成问题。有知情的又说起了他的风流韵事,说他追一个外地女人,江北某城的,人家不给他开门,他说:"你不开门,我就在你门前跪一夜。"他真跪了一夜,那女人还真被他搞到手。还有一回,他已经有点钱了,一个女朋友去找他,两人正要上床,又来了几个朋友,找他去喝酒。他说:"你们等一会。"朋友进了里屋,关上门,不到片刻,里屋就"哎哟哎哟"地乱叫起来。

我过的就是这种杂七杂八的生活。

罗心影终于回来了!

罗心影回来了!万岁!万万岁!

又一个晚上,当我打通她家的电话,听出接电话的是她时,我甚至都有些喜不自禁了。

"罗心影,你好,我是刘康。"

"是刘康吗?你好,你在干什么?"

"我在看电视,看有没有你的节目。"我用半恭维半开玩笑的口气说。

罗心影在电话里迷人地笑了起来,看来,她对此并不反感:"你知道的,今天没有。"

那时天气酷热,我近乎赤裸地躺在床上,空调放出了冷气,电视里闪现出各种图像,但没有声音,我把声音关掉了。当我不说话,听罗心影说话时,我都能听见客厅里电子钟走动的"嚓嚓"声、电话机里细微的电流声以及空调制冷剂流动的"哗哗"声。

"我给你打过好几次电话,"我毫不隐瞒地说,"但你一直不在家。"

"真的?哎呀不好意思,我出差了呀!今天刚回来。"

我们煲起了电话粥。

煲电话粥?平时,我们听到这样的字眼,总是感觉很遥远,不可信,或者觉得没有必要,但在某种情况下,这看起来很自然。罗心影绝对属于那种有头脑、有智慧的女人,这是我从电话听筒里得到的结论,当然,这绝不是把她同桑小媛进行比较后得出的结论。她们俩各有所长,我只不过就事论事。人烦恼的是,在我的脑子里,她们俩总是同时出现,挥之不去。

"到哪里出差去了?"

"去大别山了,还是那个节目,想找一些山区的贫困学生谈一谈。大别山里真凉快,但一出山就热得不行了,山里山外温差太大了!"

"那当然了。大别山许多地方我都跑过,你们到哪些地方了?"

"到南溪呀,陈汉呀,朱湾呀,大化坪呀,青枫岭呀,胡家河呀,古碑呀,都去了。区的孩子,学习真用功。"

"真的?"

"那当然啦!有一个孩子从农村考到县城,家里一贫如洗。始,他每星期回家一趟,带点大米啦,腌菜啦,咸盐啦,带这些简单的东西到学校吃,就靠这些东西过一个星期。"

"什么咸盐?"

"大概就是炒过的盐吧?"

"啊?!"

"后来,为了节省每星期三块钱的车钱,他干脆请在县城打工的同乡带来,不回家了。"

这个话题有点累人,我们很快就换了一个。

"我打电话会不会影响你?你家先生在家吧?"

"没关系的,反正我今天晚上也没事。我先生不在家,他这段时间一直在公司里忙。他们那里上了一个照排的新项目,正在突击安装,他吃住都在那里。"

听她这么说以后,我的心情立刻变得十分复杂,但我仍努力做得很平静:"那你和谁在家?"

"我儿子,还有小保姆。"

"那你出差了怎么办?"

"小保姆在家带儿子呀!或者到奶奶家去。"

"你儿子多大了?"

"两岁啦!"

"他肯定非常可爱吧?"

"那当然了,他太可爱了,小不点,大天往我怀里爬,头发黄黄的。不过,有时候也闹得人心里烦,他脾气犟得很。"

"小男孩都是这样,我儿子小时候也是这样的。有一次,我儿子还爬到窗台上去了,把人吓死。他现在大了,就不会这样了。"我转换了话题,"你们家小保姆声音嗲得很,从电话里真想象不出她是一个什么样的人。"

罗心影笑起来:"她使劲跟我学,使劲学,就学成这样了。她好小,还不到十六周岁,她家就在巢湖边的农村。"

"真无法想象。"

"朋友打电话来都这么说,她撒腔撒得很。"

"不过也还好听。你今天晚上去不去台里了?出差刚回来累不累?"

"还好。这种出差,不就是跟着车跑跑嘛,也没什么太累的。"

"我能上你家坐坐吗?我一点都想象不出来你家是什么

样子。"

"当然可以啦。不过,我们家很乱的,小保姆也不好好收拾。"

"那今天晚上行不行?"

她又在电话里笑了起来:"怎么不行?你来就是了。"她十分轻松地说,就好像这不算什么事似的。我立刻抓住机会,得寸进尺地说:"那我马上就过去。你告诉我怎么走,我自己能找到的。"

这种在别人看来十足愚蠢、无聊的话题、对话和心态,在其他场合都不适宜出现,但在这种一对一的环境下,却是那么正常和必需。我认真地,而且是全神贯注地说着这些本身没有多少意义的话,开始还深为自己向无聊话的渊薮坠落而不安,但这种我完全说不出缘由的男女之间的神秘事深深吸引了我,使我欲罢不能。其实,我也根本没想"罢"掉,反倒想向前探个究竟。

电话粥煲了大约一个小时,我跳下床,关闭空调,洗脸梳头,穿衣出门,打的直奔罗心影家。

我的心在乱跳,这是很少有的事。

"夏夜迷情",我突然想起这样一个通俗小说的名目。我摇摇头,制止了自己,但是"夏夜迷情"这种无耻的念头,总是顽强地冒出来。我手心里渗出了冷汗,这不像是我。我口舌干干地歪坐在出租车后座上,不自然地看着窗外一闪而过的城市夜景。

是谁在远处呼唤我的名字?那也许是大地打呼噜的声音。

罗心影家在一幢楼的三楼。我敲开门时,看见罗心影穿着一身细软的棉料子的睡衣,微笑着站在门口。我们互相打了招呼,我换了拖鞋进去,灯光闪烁变幻,那肯定是电视造成的效果,我看不太清罗心影的表情。里间屋传来"叽叽喳喳"的声音和孩子的尖叫声。

是的,不出我所料,孩子正在里屋看电视。我面向罗心影,用手指指里间屋:"可以吗?"我看着罗心影,在她的点头默许下,我走向里间屋。我站在屋门口,上身略微前倾,看着光屁股坐在地板上的那个小不点男孩。一个个子矮矮、身体胖胖的小姑娘懂事地从沙发旁的地板上站起来,笑着,看着我,又看看地板上的小男孩。小男孩也歪着头看着我,露出稀落不齐的小牙齿,不停地笑。罗心影站在我身后。

"你好,小宝宝,你叫什么名字?"

"告诉叔叔,你叫什么名字。我叫威廉,告诉叔叔。"罗心影在我身后说,这种排列和组合——我面对两个孩子(面对坐在地上的孩子,我觉得我很高大),罗心影站在我的侧后——给了我一种非常特别的以我为中心的让人激动的感觉,"他开口说话挺晚的。"

"我——叫——威——廉 ——这——是——我——的——小——名——"孩子一字一顿但有点含混不清地说,"我——的——名——字——酷——毙——了。"(臭美!小保姆说他。)

"确实如此,小王子,酷毙了!"

必不可少的仪式结束,我从身后变出一包美食,递给威廉,然后在面对电视机的床上坐下来。

威廉很快和我熟透,他没有任何过渡地就靠到我腿上,问我无数个问题,说无数个不着边际的句子。

"你叫什么名字?""你的衣服上画的什么画?""你这里为什么长毛毛?"(刘康:这是胡子。)"老鼠会不会跑到我的床上,睡在我的被窝里?"(刘康:老鼠会跑到闹人的孩子的床上,会钻进不听话的孩子的小被窝里。)"叔叔帮我打老鼠。叔叔帮我打臭姐姐。"(小保姆:叔叔打臭威廉!)"毛毛虫跑到我牙齿里来啦!"(张开大嘴给我看。)"妈咪是个大坏蛋!"(罗心影:威廉是个大坏蛋!最大的大坏蛋!)"姐姐是个臭毛虫!刮鼻子!嘻嘻嘻……"(小保姆:威廉是个臭毛毛虫!刮鼻子!嘻嘻嘻……)"叔叔带我上街玩。"(罗心影:威廉,不准闹人,再闹打屁屁!)"打你臭屁屁!打妈咪臭屁屁!"(罗心影打威廉屁屁:打屁屁,打屁屁,看你还能不能!看你还能不能!)"打你屁屁,看你还能不能,看你还能不能,叫叔叔打你,叫叔叔打你屁屁!叫叔叔打妈咪臭屁屁!"(罗心影:这个小坏蛋!)"你是小坏蛋!你是小坏蛋!"(罗心影:好了,宝宝小威廉,不闹了,不闹了。)

"天还是有点热,要不要开空调?"

"不用了。"

接过小姑娘倒的一杯水,回答威廉的再一个幼稚问题。电视里的小朋友为什么要戴红色的帽子?

他们在做游戏。

对面楼里有人唱歌,电视里又打架了,再换个话题。"罗心影,你就是溆州当地人吗?""不是,我是池州的,我老家是江南池州的。""就是那个有秋浦河的江南池州?""我在广播学校上学,学播音,后来,分配,再后来,结婚,生威廉。""池州?去过,是的,去过,有一条秋浦河,河名好极了,山里流来的?""山里流来的,直入长江。——好吧,好吧,威廉好宝宝先去洗澡。"一股茉莉花香型爽身粉的味道,小保姆再去洗澡,换一件米老鼠花格无袖衫,乳房挺挺的。眼光赶快移开,不要固定一处超过三秒钟。"看最后一个节目。今天不准上妈妈的床,养成好习惯,跟姐姐去睡。妈妈明天带你上动物园,吃肯德基、麦当劳。"

一阵夜风从窗外吹进来,大榆树(来时看到的那棵大榆树)的身影在窗外悠悠晃动。"晚上当然要少吃甜食,叔叔也一定会这么说的。十一点了,十一点半了,快十二点了,威廉好宝宝,明天见。不行,一定得睡了,明天见,明天见,明天还要去奶奶家,跟姐姐睡觉去,妈咪要生气了。宝宝明天见,威廉明天见,明天见……"闹困声被圈在另一个房间里。"要不要再喝点水?我来给你倒。——宝宝不准再说话了,宝宝好宝宝,宝宝明天见,威廉明天见,再说话妈咪真生气了,宝宝明天见。""门轻轻关上。""什么意思?""门轻轻关上,门轻轻关上。"我不敢相信自己的眼睛,门再一次轻轻关上。"电视吵他们睡觉。""可以靠在床头吗?""当然可以。""小壁灯晃眼,可以关掉吗?""当然可以。"

当罗心影的身体回到床上时,我下定决心,用胳膊揽住了她的腰。

在大半个夜的时间里,我们一直在做爱。

"我爱你。"罗心影在我耳边清晰地说。"我也爱你。""你真能干。""你也是。"我们互相鼓励起来。但我怀疑小保姆是知道的,罗心影的叫声那么响。"也可能吧,"罗心影说,"农村的女孩都成熟得好早,真奇怪。"

天快亮的时候,我们在门口吻别,我悄悄离开了罗心影家。

那一晚余下的时间,我既兴奋,又困乏。我回到家,洗了个澡,打开空调,睡到床上,睁着眼,看着房顶。后来我很快就睡着了,但天才亮我又醒来了,我发现我精神饱满,我已经完全恢复了。

我打通了给罗心影的电话。

听见她睡意蒙眬的声音,我对她的感觉已经完全不同于昨天,我同她已经是一种最亲密的关系了。我轻声细语地说:"乖乖大懒虫,还没睡醒?""嗯——嗯——嗯——嗯——"她在电话里可爱地撒着娇,"你才是大懒虫,人家困死了,都怪你,都怪你,你那么厉害。"但她马上又口齿清楚、流利起来,"宝宝,我爱你,没想到你早晨会打电话来,我还以为你就是逢场作戏、只此一回呢!你今天做什么?""小乖乖,我今天要去开会,下午才能结束。""什么该死的会?""就是一个该死的会。你呢?你今天做什么?""上午带威廉去奶奶家,下午去台里上班,今天晚上要上节目。"

外面有人吆喝着收购旧家具、旧电器,卖煤球,换塑料盆,还有拆洗油烟机,甚至还有卖桃的:"鲜桃,好吃的鲜桃。""好吧,小乖乖,别累着了,到时候我再给你打电话,去睡个回笼觉吧!"她听话地"嗯"了一声:"宝宝,亲你。""叭,叭,叭,叭",几个香吻。我还她一个。"再见,小乖乖。""再见,小宝宝。"

重新无比甜蜜、幸福、满足地横陈床上,看着天花板,回忆、回味昨晚的深刻的记忆。

电话响了。

第一声没响完就拿起来。

是罗心影的,她懒洋洋地说:"宝宝,我在卫生间,睡不着了,我起来了。你干的好事!不过不要紧。你在干什么?"我说:"我在床上。"她"咯咯咯咯"地笑起来:"我要你嘛,我要见你嘛。"我说:"好的,我现在就过去。威廉和小保姆在做什么?他们还没起来?""他们还在睡觉。现在几点了?"我抬头看看床头柜上的电子钟,告诉她:"六点多一点。"她迫不及待地,但是正儿八经地说:"宝宝,听好了,我要你,你现在就过来吧,我现在就要见到你!"

我没经受过这种攻势,的确从来没有。

恋爱？令人心颤的事物！

打的赶到罗心影家时，兴奋、新鲜、新奇感又上来了，一进门，我们俩就紧紧、紧紧地搂抱在一起。

现在我能很清楚地看清她了。她的不施脂粉的脸真好看，但她的脸上还是有一些不大容易看出来的、也许是小时候留下来的疤痕，这就使她显得更真实、更易懂了。她睁开眼，轻轻地说："宝贝。"她的普通话真好听。我说："你家先生叫什么？""他叫傅志怀。"她想了想，眼光移向窗外，又移进来，定格在我眼睛里。

怕惊动北屋的两个小人儿，我们轻轻、轻轻、轻轻地挪到里屋。

那一年，罗心影27岁。她生于7月27号，上午七时，那也是我们开始相爱的日子。

很巧，不是吗？真是无巧不成书。

后来有很多个夜晚，或者当我独处沉默时，我都会想到那个日子，想到那个难忘的夜晚。我的思绪在短时间里会很混乱，但逐渐我就会看到许多金黄色、金红色的蜻蜓在飞。它们从碧绿的荷叶上、从绿水上飞起来，然后无数只蜻蜓在碧绿的荷池里盘旋，密密匝匝地飞翔，一直飞翔，一直到我面带微笑，满意地坠入梦乡，它们才一个接一个，悄无声息地飞走，飞走，直到碧绿的荷叶清晰地显现在朦胧的月光之下。

第二天。

罗心影一天都在台里。

夜里快十点罗心影从台里打来电话,"丁零零零","丁零零零",我跑步从另一个房间过来接电话。"宝宝,问你一件事,你会不会唱毛主席语录歌?"罗心影声音倦怠地说。"什么?毛主席语录歌?""就是最高指示,比如'下定决心,不怕牺牲,排除万难,去争取胜利'。""会唱,当然会唱。""你唱一遍给我听。""突然唱这个?我觉得有点怪异,唱不出来,我真唱不出来。""我有用的,你唱嘛,唱嘛。"我终于唱了一遍,她说:"差不多,和我学的差不多,谢谢你宝宝,奖励一个给你。"电话里一个热吻。"你还会唱那时候的什么歌?""《石油工人干劲大》《阿瓦人民唱新歌》《十送红军》,还有《咱们工人有力量》等等,都会唱。""《十送红军》?有意思。唱一段给我听好吗?"我真的唱了几句,话筒里一片寂静,没有声音。"小乖乖,喂,小乖乖,你是不是在听?"她好像猛然醒来:"对不起,宝宝,我睡着了。""那还熬什么?为什么不回家睡觉?""还有一件事没做完,最后一件事,我还在等。"

"宝宝,我想聊天,"罗心影说,"我在等时间,你不会烦吧?你有没有事情要去做?"

"我不会烦的,也没有事情要去做。"

"宝宝,你知道什么叫'滞胀'吗?"

"大概是股市或者经济方面的用语吧,什么什么股票滞胀了,经济滞胀了,这一类的。"

"不对,这是中学生的流行语。智障,智力障碍的缩略语,那人智障,那人早就智障了。不知道吧?"

她得意地笑起来,就像一个得了什么便宜的小女孩。"再问你一个问题,你知道美国总统是怎样选出来的吗?"

"又是一个搞笑的问题吗?"

"你猜呀,你快点猜呀!"她撒起娇来。

我只好说:"不知道,你告诉我吧。"

"不知道吧?"她再一次得意起来,"我告诉你,宝宝,美国总统是根据身高选出来的,两个候选人,谁个子高,谁就能选上。"

"百分之百?"

"百分之九十以上吧。"

记不清因为什么,也许就是因为说起了美国总统,我们开始议论政治和领袖一类的事。

"你觉得需要什么样的领袖人物?"她问我。

"我个人认为,"我故意用这种腔调说,为的是不使这个话题过于严肃,"一个民族要在世界上扬眉吐气,我觉得确实需要一个卓越的领袖。"

"嗯。"她若有所思地"嗯"着,她也同意我的观点,"是这样子的。扬眉吐气,咱们的祖先造词真是准确得很,一个人受了气,一直憋在肚里,那种滋味确实很不好受,可以说是非常非常难受。"

接着,她说起了她感兴趣的另一件事。

"我喜欢古典文学,中外都算,《诗经》啦,楚辞啦,什么的。还有国外的,《奥德修纪》,也叫《奥德赛》,你肯定看过的。太阳落下,黑夜降临,他们就到宽深的山洞里面,睡在一起,尽情欢乐。当那初生的有红指甲的曙光刚刚呈现的时候,奥德修立刻穿上他的内衣和外套,女神穿上一件精美耀目的银色长袍,腰上系上美丽的金带,头上戴了面纱,准备把英雄奥德修送走。她交给他一把称手的青铜大斧,两面有刃,装上结实精美的橄榄木把,又给他一个磨光的锛子,然后带他到海岛的尽头。那里大树很多,有赤杨、白杨,还有高接云霄的柏树,那些树早已枯死、干透,可以在水上漂浮。这一类古典的文章节奏感都非常强。"
"它的原文就是诗。""对,原文都是诗,读起来朗朗上口,非常过瘾。还有《神曲》:我看见有两个罪人,他们的头发紧靠着,分不出你的我的。我问道:'告诉我,胸膛紧贴着的两位,你们是谁?'于是他们仰起头来向着我。我看见他们眼眶里的泪珠涌出睫毛外面,但是并不淌下来,立即冰冻,把两眼封锁,就是铁钉钉木板也没有这样坚固。这些句子特别让人激动,再联想到自己的一些情形,简直让人受不了。""这些段落你都背下来了?"
"我都背过,一个人在校园里,边走边背。你上大学时不背书?"
"当然背。"

我能想象沉醉在艺术和朗诵的艺术中的罗心影,倾斜的淡青色背景的画面,化了妆的眼睛微闭着,红艳艳的大特写般的美丽嘴唇轻轻而清晰地吐出梦一般的字句和汉语的四声,一滴清澈的泪珠从长长的眼睫毛间溢出。

多才多艺的罗心影!我心里不时涌出这样的想法,我喜欢多才多艺、肚里有货的人,我喜欢多才多艺的罗心影!

"还有,老百姓的口头创作,真是太丰富了。"她又说起另一个话题,"有一段顺口溜,民歌类吧,是我在大别山学来的,不,不是学来的,是偷来的。""怎么是偷来的?""你想不想听?"她的兴致比刚才有所低落,我感觉,她确实累了,大概也很困了,如果身边有床,她肯定会马上睡去。"我很想听听。""是这样的,四句:你唱的歌是我的,我从后山学来的,我在河边打瞌睡,你从我口袋里偷去的。好不好玩?""好玩,很有意思!"

罗心影的声音又逐渐黯淡下去。

她的声音里再度充满瞌睡和浓茶的酽味。

"一天都在喝茶,一听茶叶都快喝完了,我身体里散发出来的都是霍山黄芽的味道,啊——啊——啊——啊——困死了,困死了。宝贝,你在做什么?""你知道我在做什么。"她笑起来,但绵软无力。她略微压低点声音说:"跟你在一起,我一辈子的欲望都快付出完了。宝宝,我爱你。"我说:"你这么放肆,你那里没人?""没人,就我一个。"她的声音昏昏欲睡。"我想要你,我想到你那里去——"她打了一个哈欠,结尾部分用手捂住:"不行啊!台里的事情还没做完。再说,威廉今天有点小感冒,我要去奶奶家,接他们回家。他就是不愿意在奶奶家睡觉,怎么都不愿意,怎么哄都哄不好,又吵又闹的。我一天没见到他了,奶奶会说话的。"

我们又说了一大堆严肃的或带有某些纯洁的挑衅性的话,直到她已经说不动话,快要睡着了,才挂断。

"再见,亲亲,再亲亲。"

"再见,小宝贝。"

轻轻挂断电话。

甜蜜的感觉。

飘升的、无比甜蜜的感觉。

第三天。

天才亮,我就给罗心影打电话。

"宝宝,早上好。威廉怎么样了?"

"他感冒差不多好了。"

罗心影在电话里给了我这一天的第一个热吻。

她今天又要忙碌一天了。一个节目要录像;一个节目要统稿;一个节目要后期制作,很可能要补镜头,"最可怕的事情!";一个节目要外出采访。"忙死了,忙死了,忙死了,人手这么少,提了多少次一点都不管用。坚持坚持再坚持,挖掘挖掘再挖掘,叫他们自己来试试,真烦死人了,简直要人死!要人死!"她歇斯底里地叫道,"不过,"她又降低了声调,近乎口齿含混地、梦呓般地、嘟嘟哝哝地、低声下气地说,"我喜欢这样的安排。这样有挑战性,我喜欢主持工作,虽然有时候很累,但在镜头前,我就有满足感,有成就感,有理想,也有目标。我渴望镜头,我渴望不断地出现在镜头前,离开镜头我都不知道我该怎么活。"

"我能理解,我的小可怜。"我爱她似乎爱得心里发疼,她也是那么的叫人能爱得起,"我爱你,可怜的小乖乖。""我也爱你,小宝宝,我爱死你了。但是,你不爱桑小媛了吗?""那种爱和这种爱似乎无关。""为什么无关?""这个我说不清。但现在你该起来了。""我已经起来了,我正在刷牙、梳头、洗脸——"她突然把声音放得很低、更温柔,"宝宝,你要不要脸?""我不要脸。"我低声说。"那我就把自己送上门去,"她厚颜无耻、奶声奶气地说,"宝宝,我想你了。"我说:"我也想你了。"她想了想说:"那现在还早,宝宝,要不我们去香墩公园走走,带着威廉。我想亲亲你。我想你了,真想你了。"

又一个美好的一天开始了——这句话似乎有点不通。

从窗口探头向天空望去,太阳很早就露面了,有些云,但风很小,又是个晴朗的大热天。

我把皮鞋擦得很亮,戴上了手表。我以前从来不戴手表的,但现在感觉手腕上有件东西更好点,我需要掌握时间。再说,它也许不知在什么情况下就会成为有趣的话题(有这个必要吗?我和罗心影之间还会缺少话题吗?我和罗心影之间还需要话题吗?)。白色T恤是前几天新买的,季节性降价,原先要两百多块,那它肯定不容易卖掉,后来降到一百三,再后来降到八十多块,我买了三件,不同颜色的。裤子还算高级,是那种又下垂又柔韧的抖抖料,三百多块钱一条。

大街上已经人满为患,香墩公园里的人已经有点多了,主要是那些晨练的人。

在公园的大门口,我看见罗心影趿着红色的拖鞋,穿着睡衣,正抱着威廉东张西望。

小小的威廉,黄毛小子,非常可爱,在妈妈怀里一纵一纵的,才向前伸,想下来,或想向哪里走,嘴里叫着"妈咪,妈咪",看起来和我儿子小时候一样。几乎一模一样,除了长相之外。桑小媛可没这样抱过儿子,她一贯很严厉,儿子在她怀里总是老老实实的。如果儿子调皮捣蛋,她只需使劲拉过儿子,瞪眼看他几秒钟,儿子就可能会大哭一场。

"嗨!"

我已站在他们面前,向威廉伸出双手。

"威廉乖乖,爸爸抱抱,喊爸爸。"罗心影可人地笑着看我,"威廉不会喊的,他很少喊人。"但威廉要我,他扑到我怀里,身体向前纵着,手指着前面的什么地方。"走啊,走啊,走啊。""威廉乖乖,喊爸爸。"但威廉不喊,只是一个劲向前纵着身体,手指着前方,嘴里含混不清地说着:"走啊,走啊,走啊。"我抱着他,他身上软极了,非常可爱,像个软面团。"小孩子都是没有骨头的",谁说过这样一句话。他身上还香喷喷的,小脸的皮肤白白、红红、嫩嫩、细细的。"走啊,走啊,走啊。"我抱着威廉,边跟他说话,边亲着他的香喷喷的小嫩脸,边走进公园。"走啊,走啊,走啊。"罗心影的手挽在我的胳膊上,她挨在我身边走。她抬头看着我,看着威廉,还不时为我和威廉拉拉衣服。我们就像一对夫妻一样,一模一样,感觉上像极了,穿着上也许会露馅,但我们一点都没怕别人看见。

"晚上要是能早点忙清,我就给你打电话。你在不在家里?"罗心影仰脸看着我,目光如水,非常轻柔地说。"我在家。"我侧过身轻轻吻了吻她,她也迎上来吻我。"妈——咪——帅——呆——了——妈——咪——"威廉没看见,他用手指着前方。

粉红墙外的树下有一辆小推车卖早点。

从鹅卵石小径上看过去,仿古的粉红墙又高又陡,不锈钢制成的小推车小巧、豪华、现代。一个脑后扎大花丝巾的姑娘,站在小推车后面,轻盈地、不快不慢地忙碌着。一丛含笑在离她稍近的地方,郁郁葱葱,叶子甚至都有点墨绿色了,看上去长势非常好。

"威廉吃什么?"

罗心影似乎对那姑娘、那姑娘头上的大花丝巾以及丝巾的扎法产生了浓厚的兴趣。"威廉喜欢吃赤豆糊,还有小发糕、桂圆羹,还有清煮花生米,他都吃不多的。"我和威廉坐下时,她还在向那位姑娘问个不停,比比画画的。罗心影和桑小媛一样,都属于远庖厨一类,她们身上永远不会有葱、姜、蒜、油、盐、醋的味道,更不会有鱼腥、肉膻、羊膻味,但她们对庖厨以外的事物,却都会产生不同的浓厚兴趣。

"她好另类。"

罗心影坐下时,用一种羡慕、赞赏的口气,评价那位卖早点的姑娘,还不时抬眼看看正在忙碌的她。

早霞正在慢慢散去,有微风吹动了,在湖心里,蔓延至湖岸边,扩散至城市街道,温度也似乎正在准备上升。

赤豆糊,桂圆羹,小香粽,小发糕,绿豆糕,清煮花生米,水边的小圆石桌、小圆石凳,水边的阿狄丽娜——罗心影,夏风里随之飘拂的垂柳枝,尚未喑哑的蝉鸣,赤豆糊的清香气,慢慢晃过去的恋人,不同的裙裾,一双双不同的小腿……远景中水里的山庄雕梁画栋,江南水乡式的小石拱桥沉沉而立,树林后高楼大厦上悬垂到底的巨幅空调机广告醒目,红旗在较远的不锈钢旗杆上微微飘动。在这座南方人称之为北方、北方人称之为南方的城市里,油炸臭豆腐干子独有的臭味,正在街头巷尾的早点摊上散发。桑小媛早就说过,她不适应这座城市,包括这座城市的臭干子,但我觉得,我似乎适应了。

早点以后的散步,更加悠闲。

"让威廉在前头跑吧,跑吧,放手让他跑吧,他对这里熟得很!"

目视着他,我们两人并肩迈步,互相从后面搂住对方的腰,轻轻亲一口,口唇里早点的芳香四散溢开。我听到她红色拖鞋在鹅卵石上跋动的声音,感觉到她的也有些另类的气息。我们跟在威廉后头走,热切地看着威廉东摇西晃跑动的样子,深深呼吸着早间新鲜的空气。楼阁转向,小径拐弯,湖水出现,垂柳柔枝,画舫停在石头砌成的岸边。"威廉慢点。"威廉已经钻进画舫里不见了,少顷,又从画舫的窗里露出小脑袋和小手,向我们摆动。

拉着罗心影修长、柔软的手指。

"上船去吧。"

一前一后紧挨着进入船舱,接一个稍长些的热吻。威廉从腿下跌跌撞撞跑过,撞在腿上,拉我的衣服:"鱼——鱼——鱼——"又跑向船头,我们都跟过去,"鱼——鱼——鱼——大——鱼——"他的小手在水里抓来抓去,我蹲在船头。水里真有许多鱼,黑脊背的鲫鱼。我蹲在威廉旁边,罗心影蹲在威廉另一边。我用手去抓鱼,鱼很灵活,手一抓,它们就从手心里逃脱了,但马上又会游回来,我好几次都摸到了它们黏滑的身体,却都没逮住。威廉张着两手乱叫,我和罗心影大声笑着、叫着,六只手在水里划动。"我小时候就在河边长大的,我喜欢游泳,我要是做一条鱼就好了。不过水不能污染,一污染就呛死了,要清清亮亮的水。"罗心影笑着对我说,"在水里游啊游啊游啊,清清的水,流个不停,流个不停,在水里游啊游啊游啊。"梦一样的呢喃。水的感觉真好,比空气略凉些,皮肤接触上去非常舒服。

隔着威廉我们接吻,接吻,再接吻。"我爱你。""我爱你。"有早遛的人偶尔从岸上走过。"妈咪——妈咪——鱼——鱼——鱼——""威廉好宝宝。"接吻,甘甜的津液芬芳四溢。"我们回家吧。"

迫不及待地离开公园,在公园大门口,罗心影给小保姆打了个电话,叫她下楼来等着,直接带威廉去奶奶家。

太阳升起来了,虽然时间还早。夜来香的香气渐淡,夜来香的花苞已经关闭。茉莉花正在开放,茉莉花的香气,从前后左右的阳台上飘过来,包围了我们。罗心影紧紧地、紧紧地握住我的手,但在院子里我们放开彼此的手了。

门锁"嗒"的一声跳开,关门。"听一段歌曲好吗?孟庭苇的《羞答答的玫瑰静悄悄地开》,喜欢吗?""喜欢,惆怅的。"

孟庭苇轻轻唱起来了,我们突然都安静下来,接着,罗心影很到位地跟唱一句,然后,我们静静地听。

刹那间,钢琴的旋律把我们带得很远,仿佛很远,"香酥花园","香酥花园",我不知道为什么总想到这个词组,想到一些有风景的地方,甚至还会想到风景优雅的墓地,想到疲倦的山坡,想到一些落魄的人。在孟庭苇的深刻的旋律里,我们体味着一种极其温柔而又有力的、节奏舒缓有致的、意味深远的感觉,心里充溢着一种非常饱满的感情,我们体味着那种完全包容了对方的感觉。

这就是我曾经有过的生活吗?

这就是我这一生中曾经有过的生活吗?

我的不值钱的老年人的追忆的泪花在闪动吗?(但我的腿脚都还是灵便的,心脏也还没有大毛病。)

中午,罗心影打电话给我。

"正在吃饭,吃盒饭呀,"罗心影说,"忙里偷闲给你打电话。""上班迟到了吗?""迟了一点点,没关系的,我说我起晚了,谁都有起晚的时候。你真坏!搞得人家一上午倦倦的。"

真喜欢听她的声音,真喜欢听她千媚百唪的声音,真喜欢听。

"挂了,挂了。"她说,"正忙着,忙坏了,忙得四个蹄子乱翻。晚饭前打电话给你,在家等着啊!"

一股甜蜜的感觉透遍全身。

一股甜蜜的、麻酥酥的感觉透遍全身。

一股甜蜜的、麻酥酥的感觉霎时透遍全身。

"我们有整整六个小时的时间了!"

傍晚,罗心影兴冲冲地打电话来:"基本搞定,夜里一点回台,出去大嚼龙虾去。宝宝,你带我嚼龙虾去,东门工人文化宫后院,刘傻子龙虾王,七点整文化宫门口。换衣服了,小可爱,待会见,待会见!"

七点整,工人文化宫门前华灯齐放。

这是六七十年代建造的工人文化活动中心,现在,这里的一切都已经彻底乱了套,完全不分什么工人、农民了。文化宫左边变成了大酒店和银行,右边变成了迪斯科舞厅,再往右是一家大录像厅,再往右是一些书报摊、录像带出租店、咖啡吧、小酒店、小录像厅、打印社、乐凯专卖及冲印店、烟酒杂货店之类。文化宫的里里外外,却都变成了龙虾摊点,一筐筐大红色龙虾堆在墙根。文化宫主楼上,数十年一直保持不变的"文化大革命"标语"毛泽东思想万岁",居高临下地瞧着这一切,使人感到定心、亲切。

"那时候的生活肯定有战斗性。"罗心影望着楼上的标语说。

时空的那一瞬间,三十多年前有两个人曾经站在工人文化宫的门前。

"发现我有什么变化吗?"

"头发剪这么短!"

"好看吗?"

"又是一种味道。很好看,我很喜欢。"

亲亲,再亲亲。

"还有什么变化?"她扭动着身体,热切地盯着我。

我打量着她,我看不出来:"怀上我的宝宝了?"

"现在还没有。再看看。"

"哪里?你的头发?"

她兴奋地、喜滋滋地说:"我染发了。"

"好了,到后院去,到后院去。"

工人文化宫宽敞的后院,星罗棋布地摆满了上百张劣质餐桌,麻辣的香味在天空中飘散。食客们正源源不断地从主楼楼道里拥进来,摩托车"哔哔哔哔"地响。"女孩子们都抵挡不住这种致命的诱惑,"罗心影舔了舔嘴唇说,"只是卫生条件需要大力改进,大力改进。""做节目你也能吃辣?""一点关系都没有,真的,很怪的。"

找一个偏僻的拐角落座。

两位丰盈、高大的小姐,执着笔,从两个不同的方向快步冲来:"两位晚上好,先生、小姐,喝什么啤酒?白泉?青泉?江淮王?冰点?扎啤?""两瓶冰点。""好的,两瓶冰点。"没做成生意的小姐离去,另一位小姐留下来。"先生、小姐(而不是惯常的小姐、先生的顺序),还要什么?三斤龙虾?""三斤龙虾。""好的,两瓶冰点,三斤龙虾,马上到,先生、小姐,请稍等。"

麻辣喷香的大龙虾在餐桌上冒着热气,啤酒散发出来的麦芽香使人心乱神迷,电灯打开,黑压压的足球场那样大的一片人,真是蔚为大观,嚼龙虾的"咔嚓"声此起彼伏、不绝于耳,这种咬噬声使城市的这处地方显得十分古怪。

墙边的两棵大榆树上还有鸟声,我和罗心影不约而同地抬头去看。"它们住在这里,吵死了,晚上怎么能睡好?"我说。"在哪里能睡好?"罗心影低声对我说,"在你家能不能睡好?"说完她就"咯咯咯咯"放松而且放肆地笑起来,她的光脚也从桌子下伸过来,蹬在我的身上。

不间断地痛吃,两手油乎乎,真是一种举世无双的痛吃。

"太好吃了!"罗心影说。院外某处体育彩票宣传车驰过:"一周两次开奖,两元钱助你梦想成真!"暴富的好处路人皆知。

"真是太好吃了! 太爽了!"罗心影贪婪地、奋勇当先地吃着。

"你的吃相有点馋人。"

"我就是要把你也吃掉。"

龙虾的麻辣香味,逐渐从里到外地从人的身体里散发出来,身体里还有一些带麻辣味的汗液渗出来,口腔里是一种极爽快的感觉,剩下来的佐料堆积在盘子中。外国人肯定不这么吃龙虾,外国人生下来没有什么口福。"小姐,再来两瓶啤酒,再来两瓶啤酒,小姐,请打开,请打开,贴在耳朵边,听听,听听啤酒们在说什么。"

"啤酒们在说什么?"

"宝宝,我又想你了。"

"真的?"

"真的,做节目有时候分神,这样不好吧?"她说。

"确实不好,但我喜欢,我喜欢你。"

看着她温柔的眼睛,轻轻拉过她麻辣的手亲一亲。

摩托车的"哗哗"声又多起来,现在大致是摩托车手们带着小靓妹吃饱喝足了换场再玩的时刻,楼道边很快就被摩托车占满,堵塞,"嘀嘀"叫,最早来的一批很快就撤走了。

说起了天气,又说起了服装,又说起了南北方不同的城市。"不喝了,再喝我就控制不住自己了。"罗心影的眼光热辣辣、无所顾忌地看着我,把手里剥好的虾肉塞进我嘴里,又说起了人类文化学,又说起了挣大钱的外国画家,又说起了电脑伊妹儿,网虫都是大坏蛋,毕加索是个大淫棍,凡·高是个大疯子。"我们走吧,走吧。"

走吧走吧。

搂着她走出工人文化宫,拐进隔壁大院。

几排浓浓的大树,灯光零落,院落很深。

两人在树和墙之间的空当里紧紧地搂抱,有人走过,还有人走过。"初恋的感觉又来了,"罗心影说,"强烈的初恋的感觉又来了。""到录像厅里去吧。那里很大,还有冷气。"罗心影软软地点着头。

买了票进场,一个电影院那么大的场地,只有零零星星一二十人。找了楼下一个光线最暗的死角,两人脸对脸坐,接吻,深深、深深地接吻……

一阵十分特殊的感觉,外国人说着听不懂的英语,海水涌上海岸,男人露出了胸毛,女人尖叫起来,电影画面变换真快。我们慢慢、慢慢地平静下来。我们换了个干净的座位,罗心影立刻在我怀里睡着了。我抱着她,紧紧地抱着她,闻着她的发香,不知所以然地看着屏幕,听着海浪的声音,看着不可思议的动物、人物、景物和动作。

半个小时以后,罗心影睡醒了,她用手拢拢头发坐好。"我睡着了?""睡着了。""你呢?""我在守卫你。""哦,宝宝。"

我们又去吃了一顿龙虾。

这次是在南溯河的码头上,打的兜了一个大圈才到。夜渐渐深了,接近市郊的那种气氛有点浓厚,空气中土地和野草的味道多了起来,还有水的气味,遥远的野河的气味。

龙虾的味道在这种空旷的地方显得很淡,一辆警车停在路边,远处的一栋楼房亮着三两盏灯,很富人情味。路对面一爿小店亮着灯,店里一位老者在看报,他长时间、专心地看着报,而顾客竟还不少。顾客来了他做生意,顾客走了他又捧起了报纸。有四个人在一张桌子上打牌,三个学生模样的人(两男一女)在一张桌子旁静静地说话、喝啤酒、吃龙虾。因为生意不是很红火,卖龙虾的摊主夫妻在摊位前默默地坐着。

"你最喜欢什么颜色?"

"绿色更好一点。"

我和罗心影两个人喝了一瓶啤酒。

我们安静下来了,我们让河风尽情地吹在身上,我们看汽车在后面较远的地方开过。河边码头上的大吊臂,黑黝黝的,直插天空。

"你做不做噩梦?"罗心影问我,她把椅子拉到我旁边,离我很近。"有时候做。"我说。"做什么?""做关于学习和考试的,一点都不会,没好好学,甚至根本没学,非常担心考试,非常非常担心。你呢?""我做火球爆炸的梦。"罗心影开始靠到我身上,"火球爆炸了,想跑跑不动,拼命划动胳膊、腿,但就是跑不动,怎么跑都跑不动,原地不动,脱离不了灾难。火球一爆炸,我全身都起火,烧得我万箭穿心,就疼醒了。不知道是什么原因。我很害怕。""我的小乖乖,梦都是假的,可能是卧室温度高,也可能你当天有点小感冒、小发烧,要不就是你开着灯睡觉的。""那也可能吧。宝宝,你看没看过弗洛伊德的书?""我看过《梦的解析》。""他在说什么?""看过了也是半懂不懂的。但是,弗洛伊德肯定是有体系的,他不是随便说说的。弗洛伊德有一句关于梦的名言,他是这么说的:'梦的内容根源于愿望。'意思就是,你有什么愿望,就有什么梦,但我觉得,改成'你有什么现状,就有什么梦'更恰当些。"

十一点半以后,我和罗心影走到了环城公园。

环城公园还有一些人,主要是恋人。这里凉快一些,是水和植物的作用。两人偎在一起,顺着小碎石道,一会走高,一会走低,一会走到树影下,一会走到草地中间,或走到水边去。

"几点回台?""十二点二十左右吧,"罗心影说,"不能再晚了,到台里洗个澡,还要化妆,还得定定神。"

一直走到很远,再从水的另一边走回来,腿都有点倦了,但仍旧在走,快到江淮路桥的时候,才在水边的草地中间停住。

时间快到了,四面八方都有散射的光散射过来。"我们到树后面去吧,这里树木很密。"罗心影四面看了看,摇摇头:"没有时间了,我要回去了。"

十多分钟后,我打的送她到电视台,我在车上跟她吻别,我没下车,就直接回了家。

第四天。

我要出差了,去杭州,只为给单位买一套大书及配套光盘:《历史中国》。这套大书及光盘买回来也是要赚钱的,摇着市委、市政府大旗,各单位放一放,循环过来,就是一笔不小的财富。我们的奖金和福利,都是这么弄来的,但出差是出差的经费,跟书和光盘没有关系。

飞机"嗡嗡"地响着,像一架在天际辛勤耕耘的空中拖拉机,吵死人。对我来说,我感觉,真的不像以往,真的不愿在外面多待,哪怕半天,哪怕一小时,也不愿在外面多待。

拿到书及光盘,捆成一个小捆,路过丝绸世界,忽然来了灵感,想起香墩公园那位另类的姑娘,于是立刻进去转了一圈。丝巾、领带、内裤。领带放弃,买了四包真丝内裤,有桑小媛的,也有罗心影的,有刘濉州的,还有我自己的。再买几块大花丝巾,不要说大花的俗气,葱绿的荷叶,简直让人爱不释手,而且绝对抢眼,但它必须为美女所用,才会有最佳效果。它挂在墙上,于是整个商店就像一方有情调的湖面,这是给罗心影的;再买一方,给桑小媛的,一些较为保守的植物,鲜酱色的,错落有致,充满生机,我觉得,它极为适合桑小媛,适合她的工作,我能想象桑小媛扎上它的情形,有生气的,但是略带生硬的神态,喜怒不形于色的……把它们都塞进包里。

当晚返回。

发动机仍然"嗡嗡"地响着,飞机里铺着薄薄的廉价红地毯,脚下是铁焊的毛糙糙的支架。我认出来了,这是我来时坐的那架飞机,但空姐很漂亮,丰满标致。的确很漂亮,漂亮得使人无法自持(那种对人类和生命的广泛的爱意),特别是当她们盯住你,对,是盯住你,盯住你的眼睛,跟你说"再见"时,你将永远难忘,永生难忘。

第五天。

第六天。

第七天。

罗心影外出做节目了,也许夜里回来,也许第二天上午回来,也许第二天夜里回来,我说不准,我觉得,连她自己都说不准。

桑小媛从潍州来了。

她下午到的,我们上街买衣服,买鞋子,买皮带,买灯泡,还买包,在几个大商场里逛到七点钟。然后到爷爷奶奶家吃晚饭,晚饭后一家人坐在客厅里说话。但刘潍州早早就溜了,"晚补习"。这是家教性质的,一次课二十块钱。怕罗心影夜里突然打电话给我,趁桑小媛和母亲说话,往罗心影家打了电话,没人接,她还没回来。

十点多和桑小媛回自己的家,洗澡、做爱、再洗澡、睡觉,第二天早上六点多醒来。桑小媛没要单位的车来接,她想轻松、随意地坐火车回去。七点半有火车到潍州,桑小媛给我母亲打电话,说马上要走了,不过去了。我们在街上吃早点。我送桑小媛到车站,听她的简明扼要的生活交代和指示,送她到站台,七点半开车,我出站回家。

我疯了,真的发疯了,在桑小媛跟前竟也觉得和罗心影的关系那么纯洁。恋爱真让人疯狂!我真的疯了!

当天打了两个电话到罗心影家,她没有回来。又打了一个电话到电视台,没有确切消息。夜晚十一点多再打两个电话到她家,她还是没有回来。凌晨三点多睡醒再打过去,仍然没人接。小保姆肯定是带威廉上他奶奶家去了,只要罗心影不在家,他们肯定也不会在家的。

睡觉前手里拿一本《佛学真谛》闲翻,卟,叶,吓,吠,吭,呖,呲,咒,叻,呢,唉,呃,咭,哂,咦,咻,咱,哈,哺,喇,唔,咪,哧,哝,哏,喤,啊,啵,喷,喃,喳,喱,喹,喝,喂,嗷,哗,号,嗯,嘘,嘛,嗰,哧,嚯,呵,喽,嘧,噫,唉,呀,咏,叭,嗑,喁,嚯,哌……醒来后,这些方块字依然在脑中乱翻。

隔日早晨,又打一个电话到罗心影家,仍然没有人接。

上午上班,下午上班,没有事做,也不想做事。看看材料,翻翻闲书,找人聊天,半小时、一小时打个电话去罗心影家,比火车时刻表还准,但一直没有人接。罗心影失踪了。早上九点打、九点半打、十点打、十点半打,手机不开,传呼不回。十一点打、十二点打、下午两点打、下午六点打、下午七点打(一般出差的人都会赶在这时间之前回到家吃饭)、晚上九点打(在外面吃过饭该回家了)、晚上十一点半打(该回家睡觉了)、凌晨四点打、凌晨六点半打,每次都抱着大希望,但每次都空响,没人接。

天突然变得那么阴暗。

城市的鸽群再一次起飞雨下下来了,在街道上形成了积水,但是很短暂。太阳出现,夜晚来临,星星散去,霞光万丈,我看着窗外,我感觉,没有罗心影的时候,日子并不好过。

第八天。

上午晕晕乎乎,一事无成,早早到父母家,倦乏不堪,坐在门廊的躺椅上,手里捧张报纸假看。让人烦恼的大小汉字以及插图,阳光晃眼,树影飘动,杜鹃在木槿的枝条上啼鸣,热烘烘的干土气上升,大楝树青果盈盈,鹌鹑在屋背后叫唤,桑树叶子散发出微微的温香,炒菜声让人心烦。很快就在暑热中睡去,阿姨来喊吃饭了才醒。

可能是饭前那一觉的作用,午饭后精神很好,走到大街上,车来车往,街道、太阳明晃晃的。看见街角的电话亭,我在大太阳下站了不短的一会,犹豫来,犹豫去,最后还是过去往罗心影家打了个电话。

电话仍然没人接,手机也不通(她经常不开),她肯定还是没到家。突然心血来潮,顺林荫大道往罗心影家走去。走到她家宿舍大院门口,又往她家打个电话,她还是没回来。不知道该怎么好,就在宿舍对面马路边站着等,在那里正好能看到全宿舍大院的大门。

中午行人少,车辆也少,站了好一会,有些累了,看见不远处人行道大树下有个冷饮点,放了两把破藤椅,就过去买了一瓶汽水,在藤椅上坐下,慢慢喝,慢慢看,慢慢等。

我想,这家伙(罗心影在我心目中的爱称)应该回来了!这家伙!

天气真热,那真是个令人难忘的夏天!

汽水喝得很慢,但它一直很凉,摊主在打瞌睡,夏天真的沉闷难熬,但我还不想睡,也不愿就这样离去。我要给罗心影一个惊喜,她正要走进大院,我会叫着她的名字,走过马路,她会因出乎意料而惊喜的,至少是惊奇。我也就是想早点见到她,她应该回来了,时间很长了,她应该回来了。

喊醒摊主,再要一瓶冰汽水,手心里凉冰冰的,冰汽水真凉。

许多时间过去了,热浪逼人,大树底下虽然有风,但风都很热。许多时间又过去了,时常想离开,但又怕刚走罗心影就回来,功亏一篑。唉,没有罗心影的日子真沉闷、难熬。又去打了一个电话(怕胡思乱想没注意时她进去了),又买了一瓶冰汽水。人越来越多,车也越来越多了,上班的时间到了。人又少了,车也少了,上班的高峰过去了。人渐渐又多了,车也又多了,太阳快下去了,人都从屋里出来活动了,下班的高峰也快到了。我怏怏地站起来,离开那条街道。

晚饭依然去父母家蹭。

"又传达什么文件了?"吃饭时,父亲总喜欢问这些电视宣传以外的时政,而且他还批判性地收听《美国之音》等外台。父亲也总是坐正位,母亲和我以及刘濉州坐侧位,阿姨(保姆)坐末位。

"文件?有啊,世界杯足球赛,拉登恐怖分子,国企改革,陈水扁上台,中国加入WTO,购买苏—27,购买苏—30,沙漠风暴,香港回归,澳门回归,申奥成功,沪指冲破2000点整数关,中国有人驾驶宇宙飞船上天,IT,国家导弹防御系统,报纸、电视上都有。""嗯。"父亲若有所思地点点头,"靠人家的武器来保卫自己,那怎么行!"平时,他总是在研究各种报纸,书桌上摆着眼镜、放大镜、铅笔、尺子。"现在报纸上的字越来越小了。"他时常这么嘟哝一声,电视里的新闻节目他也绝不会漏掉。

吃过饭,我怏怏地骑车离开,走环城公园,东张西望,停下来看那些跳舞的人;边骑车边勾头看大排档吃饭的俊男靓妹,那实际上只是在看一种风景;哼王菲的《催眠》,在桥头看船。

八点左右回到自己的小窝,开门,开空调,脱衣,洗澡,喝水(房间凉爽了,但抽屉里、衣橱里仍温热,两种温度),开电视,上床。天底下可能只有我一个人看得出来,那晚节目中的罗心影(好像是录播的节目),有些细微的心不在焉,她还出了几个不算什么的小错误,她的状态似乎不佳。"不过,她自我控制得还算好。"我边看电视,边这么想。这不能怪她,这一段时间,她实在是一点都没休息好。

但是,屏幕上的以及我心目中的罗心影,永远都是那么可爱。我坐在离电视机很近的地方看着她,看着她会说话的眼睛,看着她细白手指的动作,看着她"特意向我"飞来的一个小小的媚眼,看着她说着话的嘴。

节目一结束,我就试着给她打电话。电话占线,我有点激动,她也许真的回来了(但愿不是录播),但她有必要在台里看自己录播的节目吗?过了片刻再打,却没有人接了,一直没有人接,二十分钟以后也没有人接。手机仍然不通。我不想打传呼,她说过她不太喜欢传呼。我往她家打电话,也没有人接,她们(她和她的家人)好像都消失了。我很怅惘,也很烦躁,把电视调来调去,心里想得很多,似乎有一种潜在的醋劲在作怪。她跟谁在一起?她在哪里?在谁的怀里?

最后,我关掉电视,走出家门,我神情有些恍惚。"我得出去走走。"在从门锁里往外拔钥匙的时候,我这样告诉自己。

城市之光照在后面的楼上,显得那么庄重。突然,电话铃响了。谁家的电话铃响？哪栋楼里的？我家的吗？手忙脚乱地开门，跌跌爬爬地扑过去拿起话筒。

"喂，哪一位？罗心影？真是你吗？小乖乖，你在哪里？你去哪里了？你一个人？和谁在一起？在哪里吃饭？我不是你丈夫？我确实不是你丈夫。我叫刘康。我不叫傅志怀。对，我就是你丈夫，我有权关心你。获什么奖啦？我猜不出来，我太外行了。广电部？什么奖？真的为你高兴，非常高兴，从心里高兴，你真能干！你是我的小乖宝宝！能干的乖宝宝！我为你自豪！真为你自豪！都是心里话！完全是心里话！'黑瞎子'在哪里？你真愿意陪我？是的，快十一点了！好的。我马上就到。亲你。好了好了，再见，待会见。"

真的，所有的日子又变得那么充实，所有的日子又变得那么值得，所有的日子都是多么的值得、多么的有味道呀！我略微清理了一下，飞身下楼，打的直奔"黑瞎子茶艺馆"，完全是迫不及待的初恋感觉，我从未体验过的初恋感觉。恋爱竟是如此神奇！如此富有激情！

好了，罗心影在街边的树影下等我，亭亭玉立，我的爱人，罗心影正站在街边的树影下等我，她亭亭玉立。

下车拉住她的手，两人拥在一起，把她抵在树上。"且慢！"她一个细长光滑的手指竖在我嘴唇上，"先猜一个歇后语，猜中有奖。"她总是这种套路的。"奖什么？""小宝宝，奖你亲嘴呀。""说吧。""小寡妇睡觉，后一句是——"我猜不出来，再说，这种时候,我也没心思去猜,倒是她迫不及待地说了出来,"小寡妇睡觉——上头没人。"

笑着搂紧她,在树的阴影里亲吻,再亲吻,花香芬芳,手在下面胡作非为。"坏、坏、坏。"罗心影轻轻轻轻地乱叫。"给你的。""什么?""真丝围巾,还有,真丝内裤,在杭州买的。"拉着我跑向门厅,打开丝巾来看。"哇,太漂亮了,宝宝,谢谢你!宝宝,我爱你!"

手拉手进入茶艺馆,橙橘色的文化砖,路过秋千架。"宝宝,坐上去荡一回。"

把她从秋千架上往后压去,一只大黑熊埋伏在秋千架藤本植物的后边,玻璃眼珠虎视眈眈,但更多的是幽默,黑色熊的幽默。胳膊箍住她的脖子,右臂箍住她的双腿,从她光润的额头亲起,细细的眉梢,小翘鼻,丰润的嘴唇,下巴颏,嫩脖儿,黄金项链。

"哎呀!"

谁在吃惊地尖叫,又捂住了嘴,把尖叫的后半截咽了回去?是两个正走下楼梯的服务员小姐。"不好意思。"她们说。我说:"没关系。"拉罗心影起来,搂着她的小腰,往楼上去。小姐靠在楼梯一边,让我们过去,手臂感觉到罗心影的小腰一扭一扭。

发自内心地说着一些无聊话,情人之间的小小花絮。楼梯上铺着水红地毯,仿佛一块传说中的魔毯,现在回想起来,竟还有点飘飘然,红地毯一直把我们送入云霄,传说中的有仙山楼阁的云霄,荷兰的挤奶姑娘迷人地发笑,非洲雨季的大草原向东伸展(为什么向东伸展呢?东方的海水似乎更蓝些),莫奈的荷花在哪里呢?他的荷花不是无所不在的吗?徐渭的山水隐藏在文化砖的小角落里,穿苏格兰格子花裙的仙女飘然前来,前来迎接我们,香气悠然。

我的目光从一幅林中流水图上收回来,对站在面前的小姐说:"包厢。"

我们走进包厢,地方不错,墙上近乎全裸的美女,一圈宽沙发,茶几,电视。"不用开电视。茶,黄山毛峰,白开水,小刘瓜子,松子。先上这些。乖乖,你还要什么?那就先这么上着。小姐,不要打扰我们。"

门悄悄带上,悄悄带上。

轻轻地亲吻。

"我等了你一中午、一下午。就在你家对面马路上,我是想叫你大吃一惊。但你一天都没回家。"

"真的?我的亲宝宝,我不知道,一点都不知道,我要知道一定会回来的,我在做节目,忙死了!"

"让我看看你。让我好好看看你。"捧着她的头。

头发,眉毛,眼睛,脸蛋,鼻子,嘴唇,耳朵……我有点感觉了……让我们去死……让我们去赴死吧……

茶水和点心都上来了,门再一次轻轻关紧,凉气一点点漫过来,瓜子和松子嗑开的响声,一个小小的哈欠,受到传染,跟上一个小小的哈欠。

"我要枕在你腿上。真舒服,忙了几天,终于躺下来了,真舒服。宝宝,你这几天都在干什么?""除了想你,这几天都迷迷糊糊的,自个走路都能把自个绊倒……""真的?摔哪儿啦?""这是夸张。""人在特殊的时期每天可以吃得很少,也可以睡得很少,但很兴奋,精神的力量真大。""我也是。来,亲亲,亲亲。"

抱住她的小脑袋,但气氛并不十分热烈,唾液中有一股瓜子的果香味,有一股松子的果香味,罗心影很快就软下去了。又一个小小的哈欠,她的柔软的头发和可爱的脑袋,在我的大腿和小腹上拱啊拱啊,腿伸在沙发的转弯处,脚蹬在沙发的拼接处,屁股露在沙发外面。"你身上的味道真好闻,你头发的味道真好闻。""你也是。"我紧紧地抱住她的脑袋,把她的脑袋使劲抱在胸前,好像是怕她飞跑了。嘴唇贴在她的嘴唇上,嘴唇湿软。

我们在一片瓜香气和果香气中梦幻般地飞翔,瓜子和松子咀嚼过的香气深沉而且悠远,载着我们慢慢地腾飞,慢慢地腾飞,无边无际。

罗心影绝不是那种空心花瓶。

门似乎轻轻响了一声,我和罗心影同时醒来,但房间里根本没有人,也许小姐偷窥过。"宝贝,儿点了?""快十二点了。""我们睡了多久?""差不多半小时吧。""真舒服,半小时就足够了,真舒服。"

我们的精神马上好了起来,头脑清醒极了。罗心影头枕在我身上,赤着的两脚蹬在茶几上,让裙子滑到腰间。

"小乖乖,做节目时,注意力不太集中吧?怎么会有些小错误?"

"你看出来啦?主持人的精神状态真是一点点、一点点都掩饰不了,哪怕你多喘一口气,观众都觉得不自然。你要是心不在焉,观众中肯定会有人联想晚上你干什么什么了。不知道怎么搞的,真是没休息好吧?你说,玫瑰的'瑰',到底该怎么念?"

略一沉吟。"多音字吧?轻声?"

"也算多音字吧,平常的时候念平声,比如说,'瑰宝',是第一声,跟玫瑰的'玫'搭配,'玫瑰',就应该念轻声了。但是现在乱得很,一点都不规范,有的播音员念第一声,有的念轻声,口语里是应该念轻声的,但你没有办法,有时候你不知怎么办才好。"

她又说:"还有'迹',事迹的'迹',你说怎么念?"

"第四声,去声吧?"

"对,是该这么念,第四声,事迹,痕迹,水迹,迹象。但几年前出的字典里,都标着平声,第一声,事迹,痕迹,水迹,迹象。你叫人相信哪一个?以哪一个为准?"她说起这些正经事来很认真,该气愤的时候,她甚至有义愤填膺之慨。

喝水的声音。

"喝得太响了,不好意思,太渴了。"她用带水的嘴亲了亲

096

我。"没什么,"我说,"我喜欢听你喝水的声音。"

又说到了青年人的生活、理想、情操、道德、冲动、时间、生命、困惑、失败和成功。看着她水汪汪的眼睛,她的目光炯炯有神,像一个活泼可爱的、惹人疼爱的小精灵。

"下一期节目的独白我已经背下来了,挺好的,我很喜欢。主要的一段,是一位名人的语录,蛮精彩的,要不要我背给你听?""我很愿意听。"亲一下,"叭",轻轻的一个香吻,嘴唇上贴了一片带露花瓣的感觉,花香久久不褪。罗心影站起来,坐到我对面的沙发上,拉拉小背心,理理裙子,拢拢头发,腰背挺直,正襟危坐。她把两腿并拢,两条小腿流线型向左歪,略为稳定稳定情绪,面带微笑,开始了迷人的朗诵。

"有一天,司汤达在他的腰带上写道:'我快到五十岁了。'然后,他又仔细地将他热爱过的女人的名字一一列在单子上,安娜、琼、伊丽莎白、芬妮。虽然,他比世界上许多别的男人,更成功地用珍贵的钻石首饰来打扮她们,可是,这些女人还是显得很平庸,而且显得越来越平庸。'我刚到五十岁,可是,我还能工作几年呢?'衰老是比平庸更可怕的一种感觉,它使人感觉一切都为时已晚。时光永远消逝,生命的舞台从此将属于下一代,衰老最大的悲哀不是身体的衰弱,而是心灵的冷漠。在穿过生命阴影的过程中,行动的愿望消失了,在经历了五十年的磨难与失望之后,我们还能继续保持青年时代那种好奇心、那种求知欲、那种对新生事物所抱有的宏伟的希望、那种毫无保留的爱、那种确信真善美自然统一的想法和对理性力量的信心吗?"

我一边以略带点严肃的面容当观众,一边不由自主地想:富有磁性的声音,唱通俗歌曲肯定也会非常好听。

我轻轻鼓掌:"挺好的,小宝贝,真的很好!真不错!"

"还有一段。你不烦吧?"罗心影兴致很高地问。"当然不烦,"我说,"我很想听。"

闭上嘴巴,目视前方,放松,一、二、三,开始。

"切忌急躁。财富和名利时起时落,我希望你们多遇到些障碍,多经历些斗争和苦难。斗争和苦难能锤炼你们的意志,锻造你们的感情,提高你们的智商。等到了五六十岁的时候,你们就会像暴风雨冲击下的礁石一样坚强、粗犷。世间的困苦将雕琢你们的精神,你们将成为性格坚强的人。面对舆论的浪潮,你们能够报之一笑。人在年轻时,觉得一切都很可怕。最初遭到的挫折,如同挑战,人性的阴暗面令我们恐惧。在与人世间残酷的抗争中,你们应当建立一个心灵的避难所。每个人都可以在自己的思想深处,建立一个可以抵御重型炮弹和恶语中伤的隐蔽处。一个心境平和的人还有什么可怕的呢?不论是迫害,还是诽谤,抑或是诬陷,都不能削弱他内心深处思想的堡垒。"

还有再下一期的节目,还是青年,还是生命、理想、憧憬、奋斗和坚韧,还有非言语交流,肢体语言。

"几点了?你要不要回家?""小保姆带威廉去了奶奶家。""那等一会去我家吧。""桑小媛在不在家?""她回潍州了。"

罗心影回到我身边,看着我。

"桑小媛确实挺能干的,你爱不爱她?"

"我不知道,说不准,应该说,爱吧。这个问题有点复杂,我说不准。"

"你有没有愧疚感?"

"应该有的,但是却没有,你说奇怪不奇怪?"

罗心影认真地点着头,看着我的眼睛。她重又躺倒在沙发上,头枕在我腿上,睡得很舒服。

她说:"世界上有很多事情就是这样的,不能完全用肯定或者否定来回答。有些事只能让时间来回答。"

墙上近乎全裸的美女温柔地看着我们。打铃,请小姐再送点水来,再送点茶和瓜子来,送点洗手的水来。"要不要去一趟洗手间?""去吧,我等你。"一阵香风旋去,一转眼工夫,罗心影焕然一新地回来了。

我们喝着香茶,吃着瓜子和松子,东一句西一句地说着话。

"茶真香透了,好像没喝过这么香的茶,里面放了什么?"

"周星驰真搞笑,他的搞笑是天生的。"

"有叫'王八蛋'这样名字的吗?警察罚款单上就是这么开的,据说还是反复问过当事人的。"

清纯的面孔朝上,清澈的眼睛望着我,让我亲亲她丰润的嘴唇。

再回到了非言语交流。

对了,面部特点能够影响人际关系和人们的判断;穿衣服不传递社会信号是不可能的,衣服有舒适、保暖、遮羞、文化展示的功能;人体语言,最能体现男性特征的姿势:瞪眼,指点,占更多的空间,主动触摸,头挺直,笔直的站立姿势,两腿分开,双手叉腰;最能体现女性特征的姿势:眼朝下看,微笑,低着头,抚爱地拥抱,公然凝视,停止谈话,眨眼;眼睛有自己的秘密语言,人们的眼睛和脸传达出重要的信息,男人被注意的第一个身体特征是眼睛,眼睛落泪,灼灼发光,挤眉弄眼,调情,刺伤人,瞠目而视;戴或不戴眼镜,都可作为保护自己的一种方法,有些人戴上太阳镜,就可以肆无忌惮地看别人而不被察觉,不戴近视眼镜的人,目光接触很使他们感到不安;因为看不清对方,拥抱和触摸是男女关系中很重要的部分;一旦你开口说话,你说话的形象就压倒了你的视觉形象;他们是办公室的优秀人才,喜欢吃鱼、水果和蔬菜,他们在业余生活中喜好书籍、音乐和艺术,她的芳香令人陶醉,他们四目相遇了……

一个小小的哈欠出现在脸面上,又是一个,再一个,两人同时哈欠起来,眼皮打架,睡眼难睁。"宝宝,我困了,我们回家吧,我想让你搂我睡觉了。我们回家吧,宝宝,走吧,我们回家吧,我们回家吧。"

埋单,走人,下楼梯,手指抚过静静的秋千。光线幽暗,热浪滚滚。出租车像红壳甲虫一样堆积在路口,一眨眼工夫,一辆红壳甲虫已经悄无声息地停在面前,司机眼巴巴地望着。

开了车门上车。"红星小区。"街道和路灯"唰……"地往后退去,车里的空调"嗡嗡"响。夏夜似乎一点都没睡,大排档人满为患,穿露脐衫的姑娘到处都是,东游西逛,趿拖鞋的男人在人行道上行走。似乎能看见大龙虾的麻辣香味在热热的空气里弥散。小区一进门附近,还有这一堆那一堆打麻将、斗地主的人。

"到了。"

在小区幽暗的光线里,拉着罗心影的手往楼梯口走。

又感觉到她柔软、细长的手指了,用最快的速度上楼,五十四级或者五十六级台阶,一、二、三、四、五、六、七、八、九、十,拐弯;一、二、三、四、五、六、七、八、九,拐弯;一、二、三、四、五、六、七、八、九、十,再拐弯;一、二、三、四、五、六……最后几级。开门,"咣"一声,关门,站在门道里,摸索着按遥控器打开空调。

不想动弹,一点都不想动弹,从背后搂住她,空调起作用了,盖上绵软的小薄被,亲着她的脖子,慢慢停下,慢慢停下,停下,闭上眼睡觉,睡觉,睡觉,空调房间像月球一样安静……几十年过去了,那种细致的感觉还是很清楚,一点都不褪色。

"宝宝,我很困,大脑很疲倦,但我睡不着。"

"我也是。"

她把手背过来摸我,她想转过身来,但我紧紧搂住她,不让她转身,我感觉从后面贴住她很舒服。

"我们刚刚进行了本世纪最有震撼力的做爱。"罗心影亲亲我的胳膊说。"二十世纪?""是的,二十世纪。""是这样的。"我承认。

罗心影快活地"咯咯咯咯"地笑起来。

我从后面搂着她,我说:"你跟傅志怀在一起,是不是也这样?"

也许我们睡着了,也许只是迷糊了一会,但我们又似乎始终在说着话,灯也一直亮着。

罗心影偎在我怀里说:"我和傅志怀现在没有性生活了,很长时间都没有了,一点都没有了。我现在有些性饥渴,第一天你就知道的。""你和傅志怀为什么不在一起了?""他现在也不回家了,从我生过孩子以后他就不回家了。开始,他说公司特忙,那时候,我们一个星期还有一次或者两次,但是后来越来越少,越来越少,再后来,干脆就完全没有了。"

我把罗心影搂得紧一点,用手轻轻地抚摸着她的胳膊。

她转向了另一边:"我想换个姿势,这样更舒服点。"

"那肯定有什么原因。""是的。他很奇怪的,那个女孩子是他公司的,就是我怀孕生孩子那段时间出的事。我到他公司去过,也见过那个女孩子。当时没觉得有什么特别的,那个女孩子也不特别,不是特别能吸引人的眼光的那种,我觉得她一点都不漂亮,就是丰满一点罢了!再后来,那个女孩子竟然找上门来了。"

她顿了顿,我从后面紧紧、紧紧地搂住她。

"我最生气、最不能忍受的,就是这一点。你有外遇,你有情人,我不知道,那不就算了。他把我们之间的什么事都跟那个女孩子说了,不管真的假的,还是他想象出来的,他甚至说他跟我性生活不能满足,就因为我工作太忙了,又经常外出,生活没有规律,不太能顾得了家。他不也是这样吗?再说家里什么事不是我管?威廉生病,他在厦门,我连夜从济南赶回来,我哪点没做到?哪点没做好?"

罗心影已经泣不成声。我无法安慰她,只能紧紧地搂着她,抚摸她,我的胳膊下已经湿了很大一片。

过了一会儿,罗心影才稳定下来,她又说:"我也知道,结过婚的男人想骗女孩子,总要编出一些理由,说自己生活不幸福,博得女孩子的同情。但可悲的是那个女孩子太幼稚,竟然相信了他的鬼话,跑到我们家来跟我商量,坐在沙发上,哭哭啼啼的,叫我让她,叫我跟傅志怀离婚,并说多么多么爱他。我简直气疯了,但那天我还算冷静。那天傅志怀也在家,我对他说:'好啊,傅志怀,你真有本事,我佩服你。我知道你很优秀,但优秀的男人也很多,如果你不爱我了,我并不勉强,我就问你一句话:你要怎么办?'我不跟那个女孩子说话,我相信她也是真心的,我不怪她,怪就怪傅志怀这种人没有骨气,他真是个可怜虫!简直不可思议!那天他竟然一句人话都不说,始终在和稀泥,说什么好好讲,好好讲。什么叫好好讲?怎么好好讲?人家欺负你老婆都欺负到家里来了,还怎么好好讲?这不是屁话嘛!这又不是上菜市买萝卜西红柿,还能讨价还价!人家都找到家里来了,还有什么好好讲的!"

皮肤能体会到床单凉凉的、柔软的存在,我仍然从她身后搂着她。

罗心影又轻微地哽咽起来,我搂着她,从后面吻她的脖子、头发,她的服帖的乌黑的头发。"小乖乖,我能理解你,我爱你。"

罗心影长舒了一口气,慢慢安静下来,她把脸和嘴轻轻贴在我的胳膊上,倦怠地、轻轻地说:"宝宝,我现在没有什么秘密了。我把我的秘密都告诉你了,现在你高兴了吧?"

"我为什么高兴?"

"你该幸灾乐祸了吧?"

"我怎么会幸灾乐祸?"

罗心影转过身,回过头,像一条滑溜溜的鱼钻进我的怀里,眼泪汪汪地看着我。"宝宝,我想要你。"她伏在我的胸脯上委屈地说。"嗯。"我点点头。

我们同时睡去,像掉进了睡眠的深渊。

梦乡里的小天使护卫着我们,睡意悠然而且久远,那种无与伦比的睡境让我们相信,在任何时间、任何地点、任何情况下,我们都能同时体会到人类高峰的到来。

第五卷　在路上

也许,该喘口气休息休息了。

我还是想再略微说说我自己。

闭上眼睛,扳着手指,从头算起,我不断看到的,就是我的身影永远在江淮大地上晃动。

我喜欢闲逛,喜欢漫游,这不是什么自恋症,也不是一部外国电影里夸张的跑步镜头,更不是社会发展到某一阶段的一种嬉皮现象,完全无关的。这是一种看起来有些土气但确实发自内心的热爱(又能说谁的举动不是热爱?)。我总是看见道路在我面前延伸,伸向那些捉摸不透的远方。虽然在江淮大地那块表面看起来还算平静的大地上,不太可能出现什么太让我吃惊的事情,但它对我仍然是有十足的魅力的,单是想到它,就够令人激动的了。

走路是来劲的,用两条腿,只靠两条腿(也有用自行车的时候,用自行车就出现了另外一种魅力),当你在路上走得来劲的时候,你一定会发疯地、不顾一切地往前走的,就像现在经常出现的竞走。你一点都不会觉得走不动,或者累得气喘吁吁,不会出现这些情况的。你只会上瘾,只会像偏执狂似的发疯地往前走,最后,你的腿可能会抬不起来,再也迈不动了,那只说明你需要休息,并不能说明心情,或者别的。

一些行驶得很明智的汽车,纷纷从离你较远的地方"呼呼"开过去。在道路较为低洼的地方、空气比较干燥的季节,汽车扬起的大量灰尘会把你罩住,紧接着又一阵大量的灰尘会再次把你罩住,但是你不会太在意,所有这一切都只是道路的整体形态的一部分,一个很小的部分,不快的事情马上就过去了。大路上视野比较开阔,如果走到高地上,视野会更加开阔。村庄在遥远的地方,成片的大树在风声中把树梢斜向一边,这使人感觉像是在高原,所有高原的特征这里都有所具备。地球的弧线已经表露得那么明显,天空中的云立体地飞动,物质清晰,湖水湛蓝,风声"呼呼",身体爽朗。

公路旁,乡村小店里的咸盐味很重,笨乎乎的农机待在小店潮湿的角落,柜台粗糙并且厚实,油漆剥落,但它们绝对结实,肯定是自家木匠做的。营业员往往是乡村里有头脸人物的家属,她们的长相也算姣好,未经风雨,皮肤细腻,眼睛看人也有神得很。

我喜欢那些不算太好的路,不算太好的路不会通往高楼大厦里面去,这是很重要的,因为在弱势的地方,你可以放松并且获得平静。我还要告诉你盛夏在淮北的濉浍平原河堤的刺槐树林里读书的感觉:午后一两点钟,那总是一天里最热的时光,午饭后,骑自行车从家里出发,车后架上夹着一本书,《理性的光辉》《登上宝座的道路——法国的总统们》《权力的转移》或者《谁掌管美国?》,它(某本书)端坐在你的身后,就使你变得非同寻常,使你在那本书的撑腰下,变得很有底气,使你不会(或感觉不会)仅仅局限于一个小小的城市,你心中会有那种你属于世界的强烈感觉。

烈日当头照,城市的柏油路面已经半熔化了,空气里弥散着一股强烈的刺鼻气味。路上行人极其稀少,车轮飞转,越过桥梁,向右转,向左转,向右转,向右转,向左转,向右转,土大路"哗哗哗哗"行云流水般向前伸展。穿过青纱帐,穿过昏昏欲睡的村庄,黄牛拴在大柳树上,小男孩熟睡在独轮车上。向左转,向右转,向左转,向左转,向右转,向右转,向右转,干热的芦苇夹道,从水塘的陡壁上扭动着骑过。向右转,向左转,向右转,大堤出现,刺槐林出现。站在大堤上,遥望无边田原,靠在刺槐树上读书,大声朗诵警句、精彩段落,田原炎热,人迹全无,一直读书,一直读书,来回走动,一直读书,一直到风起于田地,起于绿豆地块,起于花生垄里,再上车,书夹在车后架上,左转,左转,右转,左转,下坡,上坡,悠然而返。

濰州城西北郊郊外稻田里的小路也有许多特点,下午较晚的时候去那里,有两三个小时也已足够逗留。

从西关大桥出去,顺出城的一条河走,一边为河,一边为城,村庄接上。穿村而出,进入田野,仍在河边走。河边有许多人,或抽水灌稻,或水边捶衣,或持竿钓鱼,或洗腿洗脚,或木盆划过,或放水养藕,或赏花品景。接着,水、路渐分渐远,越分越远,逐渐两不相见。

自行车车轮碾在平坦的土路上,土路大多为草覆盖,草中有两道车辙,车轮下秋蝗四溅。这里是蝗虫最多的地方,每次都会出现这种情况。风渐大了起来,风吹在身上,十分舒爽。越骑越远,回头再看,城市的边缘轮廓分明,但城市的声音早已绝迹,庄稼的气味也完全浓烈了。翻身下车,手扶崭新的自行车,极目远眺,秋色沉降,风声树影,尽在眼中,胸襟猛然一阔。再扎了车子去寻蝗迹,四肢着地,草叶凉爽,手脚到处,秋蝗跃动,并不逮住它们,就是赶起它们,让它们飞动、跃动。它们飞起、跃动,所移动的距离并不是很远,它们落在稻叶上、土路的另一边、水沟的水草里。它们的形状、颜色,也是多种多样的:有灰土色的,有草绿色的,有带花纹的,有深咖啡色的;有的头特别细尖,有的头粗笨;有的身上光溜溜的,有的身上长着粉质的疙瘩。

一本厚达 700 页的《昆虫学纲要》丢在草地上,发育良好的、柔软的草叶遮盖了它的三分之一。真的,书本,使我们对周围事物的认识(那一刻特指蝗虫),大大深化,让我们来品味下面这样一些文字:

> 昆虫和任何一种生物有机体一样,并不是某种自我封闭的系统,而是一个开放的系统,向周围环境的所有各个方面不断扩展、蔓延,而且受环境的影响。假如没有适应的环

境,没有其周围世界,生物体的生存是根本不可想象的。

从应用昆虫学的角度看,蝗虫对庄稼和植物是有害的,有时这种危害还是毁灭性的。除此而外,蝗虫点缀了田间的小路,成为自然界的风景之一。你一个人躺在四周都是稻田的小路上,除了植物以外,你会感到还有许多生命在陪伴你,你的孤寂感那时就会完全消失。

在二十世纪,在我们生活的那个年代,没有书籍的陪伴,真的是不可想象的。

偏僻的泗州小梁乡北三里有一座旧砖桥,我骑车去那里时,在旧砖桥上四面环顾,发现桥的前后左右,方圆数公里内都没有人烟,这在人口较为稠密的淮北滩浍平原上是少见的。但是土地并没有荒芜,每一寸土地都被加认充分利用,大片的土地用来种辣椒、黄豆、红芋,小块的土地则用来种芝麻、花生、蓖麻和绿豆。

那是秋季的一天下午,我坐在自行车坐垫上,一条腿蹬着自行车车镫,另一条腿蹬在桥栏上。我看着河水,河水似乎深不可测,水面平静,水草黛然,从桥上看过去,河向东西两方曲折延伸。当然,我的视线只能达到河的第一个转弯处。河两岸有一些树,有的地方稠密,有的地方稀疏。树林里有一些零星、孤单的鸟叫声,偶尔有两三只鸟从树林里慢慢飞起来,飞向远方,这就更衬托出了河边的寂静。"没有人烟"这四个字一直在我的脑海里盘旋。桥相当陈旧,但也还算高大。桥墩旁的水底"咕嘟嘟"冒出一串大气泡,我知道,那是一条大鱼游过,或者是其他较大的水生物,或者干脆就是水底的沼气。不要认为我是在瞎说,不要认为所有的河里都不再有鱼,在我们生活的那个年代,清清河水里的鱼类,甚至比水中的杂草还要多呢!

气泡冒过之后,我把视线投向田地。我吃惊地发现,河两岸的许多地块,都是由不同颜色的土壤组合成的,而且色彩对比那么鲜明。我自行车后架上就夹着一本有关的书——《地学基础手册》。现在,我们会听到书籍的某种声音,窸窣声,某种时断时续的声音,书籍能告诉我们很多我们未知的东西:

土壤随纬度的变化,由南至北或由北到南,呈有规律的带状分布的现象,称为土壤的纬度地带性;土壤大致由东至西,或从沿海至内陆,有规律的分布变化,称为土壤的经度地带性。

砖红壤是热带雨林和季雨林植被下的土壤类型;红壤、黄壤是亚热带常绿阔叶林季风植被下的土壤类型;棕壤是暖温带湿润地区阔叶林或针阔混交林下形成的土壤;荒漠土是荒漠地带的土壤;褐土是温带半湿润半干旱地区旱生型落叶阔叶林和灌木草甸植被下发育的土壤。

黑土是温带湿润、半湿润草原草甸,森林草原和草原植被下形成的土壤;黑钙土、栗钙土和棕钙土是温带半湿润、半干旱、干旱草原和荒漠草原地带的土壤;灰化土是寒温带低温潮湿气候条件和针叶林植被下形成的土壤;水稻土壤统称水稻土;等等。

够了,够了,这足以解释我在偏僻的小梁乡所看到的一切了,不同的土壤会培育出不同的风俗和文化,不同的土壤适合于不同的植物,农民们会轻易地做好这一切的。

我离开了小梁乡,骑车南下。

枣巷镇在淮河之南。

春天枣巷镇逢庙会时人山人海,天晴得无比好。人们从东、西、南三个方向拥来,渡船也不停地从淮河北岸渡过更多的人来,集会的范围已经不限于枣巷镇的那只有一个十字路口的两条小街了。淮河河堤上、河滩上,到处都是农民。大糖大油制作的食物,是乡村集会上的食品主角,一种叫"蚂蚱腿",是用面、糖做出来,再用油炸制的食物;另一种叫"三刀子"。为什么叫"三刀子"?一直到现在我都搞不清,可能因为那上面用刀划了三道,以便能炸透吧。小时候大家都很喜欢吃"三刀子","三刀子"又软又甜,吃多少都会吃不够的,那是二十世纪,淮北濉浍平原乡村的经典零食。

淮河之南的枣巷的空气中,也弥漫着"三刀子"之类食物的气味。食品放在苇席铺盖的凉床上,苇席上铺着塑料布。买一斤"三刀子"用手捏着吃,边吃边往淮河边去,坐在人山人海的淮河边,看太阳越升越高,等河北岸的梆子剧团过来演出。那一刻的情景,是很多很多年都忘不掉的。那是春天。

夏天我会在解集。

解集附近已经能看见许多小山的山影了,上午我就已经在解集的一家旅社里住下了。旅舍用石墙砌成，显得非常结实。旅舍的窗户大大的，一些树叶从窗外飘进来。不知道在初夏为什么会有树叶落下，当然是偶尔落下。落叶从南窗飘进，抬头一看，窗外站着一棵树、两棵树、三棵树，是不认得也叫不出名字的那种树。树叶长长的，从树叶缝隙里看过去，晴朗天空下麦海铺天盖地，连远处小山包上也都是已经泛黄的小麦。

我喝了一点水后就走出旅舍，曲曲折折走出小镇，走进麦地，一直往南方走。虽然晴空万里，但其实天并非像晴朗的天给人的感觉那样热，至少我不觉得很热。我一路走，一路用手抚摸麦穗，这些可爱的、能解除大部分人忧愁的小东西，生长得蓬勃旺盛。我穿过一条大些的土路，一个三十岁左右的女人，那么简洁明了地赤裸着上身，无忧无虑地暴露出晒黑了的奶子，只穿一条短裤，在一张草席上睡觉，一个晒得浑身黑油油的小孩子，头枕在她的腰眼上，也在呼呼大睡，那种情景简直无法言语。

穿过大土路，我又进入麦田。在田埂上，我蹚开大步，固执地、一个劲地往前走。田埂干干的，地势越走越高，走到后来，我发现我已经走到土山上了。我更加疯狂地往前走，直到走至山包的最顶上。好了，现在我可以回头欣赏我的成果了。嘿，我走了这么远，在不知不觉中，在很辣的大太阳地里，走了这么远，真是不可思议。麦海也表现得那么成熟，它太宽广了，但你并没有感觉到它的傲慢，它真让人仰慕！

灰古镇在老潍河南岸，小麦快要成熟时，我骑自行车到那里去。

小麦这种古老的物种,在灰古左近的乡村,依然焕发着神奇的风采。从镇子里出来,满眼都是发青的但已经抽穗的小麦,浩渺无边。走进麦田,在干燥的麦垄间坐下,麦田太大了,难得碰上一个人的,现在,我们就可以看个仔细了。麦子的下部已经稍微发黄,最底下的几片叶子已经不那么青鲜了;很少的几株不常见的野草正在麦垄间成熟,一只颜色土灰的土青蛙,从它沙质的坐窝里跳出,消失在稠密的麦地里,它的窝呈半圆形,窝里还算光滑;一群灰麻雀从无尽的麦海上超低空掠过,它们边飞边"叽叽喳喳"地叫个不停,最后它们全落在麦海深处的一棵大泡桐树上。

麦垄间有点热,但绝不是那种热得叫人受不了的酷热或者闷热。这里是沙土地,手摸上去,沙土有点温热。田头干了的水渠边有两株不大不小的白杨树,白杨树茂密的树叶在吹过麦海的偏南风里"哗哗"作响,一直响,一直响,"哗哗哗哗""哗哗哗哗""哗哗哗哗""哗哗哗哗"地响个不停。我就一直在那里坐着,听着白杨树树叶"哗哗"的响声,一直坐到中午,然后起身回到镇边,在镇外的一家小吃铺里喝一碗鲜辣的羊肉汤,吃两到三个香脆的淮北油酥烧饼,再回旅舍小睡一觉。

有时,我的思绪会有些混乱,我感觉到那种风云的突变,于是,我就更加思绪万千。

不知不觉间,一会儿云,一会儿雨,一会儿冰雹,一会儿狂躁,一会儿甜蜜。但是,都没有什么了不起,天又晴了,地又干了,起身,再一次走进麦海,在麦垄间坐下,发现小麦起了很大的变化:小麦的根部已经枯焦,麦芒开始扎人,耳朵里听见村里有磨镰刀的"霍霍"声。桃树上挂满了红果,石榴树开满了花朵,春天产下的蛋孵出的一群又一群小麻雀在麦田上空直线飞行,田野里飘散着馍香,土青蛙屁股后面喷着水跳得更远,白杨树树叶"哗哗哗哗"依然响个不歇,一些戴着草帽的农民走进了麦田,黄皮狗跟前跟后跑得更欢,开镰收麦了。我站在田埂上远远地看着他们,从早晨到中午,再从中午到傍晚,我被太阳晒得很黑,然后,我慢慢走回镇子里。

至于冬天,北风"呼呼"地吹袭,雨雪纷飞,当然,也有许多暖和的日子,沿老滩河长途步行,那是一种全新的体验。

上身穿着小夹袄(是一种薄棉的衣服,现在除偏远的农村,已经很少再见它的踪影了),脚上是球鞋,全身穿得紧绷绷的,十分利于徒步行走。从滩河边的灰古镇动身,一路东行,小北风吹着,但行走的人不会觉得寒冷。小北风转成大北风,接着下起了要命的冬雨,再接着天又放晴了,是冬日里绝佳的艳阳天。

第一天,我走了大约六十里,路上有一些赶集的农民和我同行,他们认为我是修水利的,他们以为要挖河了,或者要修涵闸了。"打沙滩修,打沙滩修抄近道。"他们用农民的实在话,纷纷向我建言献策。我索性也不说破,跟他们一路走,一路呱,一直走到一个村庄附近的一个旧水闸旁,站在闸旁说了一会儿话,他们才走。我永远忘不掉那个偏远乡村的旧水闸,它的规模竟然那么大,据说是二十世纪五十年代修的,在几乎没有什么人造物的那个地方,看见它真的使人万分激动。我自个又在闸上待了许久,有四十分钟。起初有个光脊梁的男孩在闸上逗留,在闸栏上翻上翻下的,后来他背起粪箕唱着歌走了,只留下我一人,看着旧闸,看着沙土的滩河河堤,看着较远处的一个小村庄,看着堤下的庄稼地。我当时就想,我还不如干脆现在就融化在这里算了(不等几十年以后了)。并不是那个地方有什么财宝,也不是那个地方有我的多少亲戚,那只是一种热爱到极致的感觉罢了,人怎么就不能多选择几次诞生,多选择几次生命?

第二天,我走了三十里,走至那个叫沙滩的地方。从河边看过去,沙滩是一个很大的村庄,但也只是个村庄而已,没有那种叫街道的东西。因为风突然变凉了,天也阴得厉害,很可能要下点寒冷的冬雨了,我没有进村。我从村边走过,一个穿棉袄的农民拉一头牛往村外的场上走。我得赶路了。我又走上了没有人的河堤,寒风一阵接一阵刮过来,我低着头,使劲往前走。细雨飘下来了,如果在夏天,下点雨没什么问题,但在冬天这很要命。

我走进堤上的树林里,又走过一片类似河沼的地方。土地湿软,雨雾漫天,十几米之外就看不清什么人、物了。其实也没有什么人这时候在荒郊野外闲逛,当时我想,真陷下去了肯定报销,不可能有人来援手的。走到长着茂盛芦苇的地方,风吹得更紧,天也更暗了,雨下得也更紧了。小跑着往前走,路开始有点黏滑,跑了很长时间,村庄在眼帘里出现了。从村后过去的时候,看见一个女的,二三十岁,长得干干净净,穿着暖和和的棉袄、暖和和的棉裤、暖和和的棉鞋,在她自家屋后抱柴火。我正好从她家屋后过去,我看见她,腿几乎软了。如果我是她儿子就好了,在这寒风冷雨的冬天里,蜷在热烘烘的灶旁柴堆里,吃着母亲做的热乎乎的红芋稀饭(就着咸萝卜干子)。不能再想,只问了她一声路,就又一头钻进风天雨地里。

到尹集镇时都快夜里八点了,浑身半湿,手脸冰凉,上饭馆里暴吃了热乎乎的一餐,回旅社倒头就睡了。

第三天,我走了四十里;第四天,走了三十五里。天仍阴阴的,雨却停了,眼界远了不少。地上都是烂黄泥,走一程,就得找根树枝刮净鞋上的泥。后来,干脆拎一根粗树枝备用,随时刮掉鞋上的烂泥。过了时村,又过了浍沟,过了高楼,又过了大庄,到四山时,四山那小街里竟也都是烂泥,街外一家杀猪的,猪"嗷嗷"叫,从四山到小曹家村,就很近了。

大姨和大姨父住在小曹家,他们唯一的儿子远在大西北,他们老两口一直是相依为命的。傍晚时分到大姨家,大姨家正在盖锅屋,我的突然到来可把他们喜坏了。两位老人拉着我的手,语无伦次,简直都不知说什么好了。参加盖屋的亲邻们也都围上来,你一言我一语的。锅屋正在上梁,我不能耽误他们干活,放下装日常用品的小包,骑了一辆自行车就上四山了。

到四山,把自行车从烂泥吧唧的破街上推过去,一直推到来时看见的杀猪的那一家。那时天都有点黑了,推开那家门,猪早就被杀死了,不叫了,皮也扒了,膛也开了,肉摆在一张大木案子上,厚厚的,几个男人蹲在里屋的门槛上吸烟。我对他们说,我想买点猪肉。他们问买多少。我说买半扇,另加一个猪头、一挂猪肝。他们都呆住了,面面相觑。其中一个人问:"是哪家做事情的?"我说是小曹家曹大爷家盖锅屋的。他们都点点头,好像都知道这么一家人。他们说:"你咋带?"我拍拍自行车。他们摇摇头:"不好带。你还买别的不?""我还想买些烟、酒、酱油、醋、小糖(就是糖果,当地人叫小糖)。"他们说:"俺们给你送去。"他们自个之间又互相说:"晚上回来还得再杀一头。"上过秤,一个年轻小伙子推一辆旧自行车出来,车后座上架着两个竹筐,专门装猪肉的,把半扇猪、一挂猪肝和一个大猪头放进去,满满当当。我进街再买两条香烟、四瓶高粱酒、几斤小糖,还有酱油、醋,两人才骑车冒黑往小曹家赶。

路上坑坑洼洼,七扭八拐,几次差点摔倒,到小曹家大姨家时,天已大黑。大姨家的门檐下点着汽灯,又白又亮,盖房人刚刚歇工。上来几个人把半扇猪和猪肝、大猪头抬到院里案板上放着,酒在地上放着。小伙子骑车回去,院里的人都蹲在放猪肉的案板四周,吸着我刚买回来的香烟,看着厚墩墩的猪肉。村里的小孩都围过来要小糖吃,吃过了也不愿意走,院里院外都是孩子。大姨过来割一块蹄窝又进了锅屋,肉香气从那里散发出来。

天很有些冷了,但大伙一直蹲在猪肉的周围,吸着烟,说着话,看着放在案上的猪肉,一直到开饭。

第五天到刘圩、黑塔、枯河头。

从小曹家,沿老濉河向东走五七里路,就到刘圩镇了。从刘圩镇往南一二十里,是黑塔镇。从黑塔镇再往南七八里地,是小梁乡。从小梁乡往西,也有十好几里吧,就是枯河头、新濉河和泗州的新濉河大桥。新濉河大桥位于一处高地,两岸长一些势力强盛的大树,泡桐、刺槐等等。从新濉河大桥往南,再往东,就到了江苏的泗洪县。再往南,就是洪泽湖了。

我和桑小媛到过洪泽湖畔的半塔、双沟,又从那里到大柳巷。以前大柳巷算个大码头,物资集散、渔产丰富,班轮多,船多人杂,但现在早就被公路挤垮了,不值一提了。

第六卷　罗心影

我真是扯得有些远了,有些不着边际了。

再回到三十多年前的那个夏天。

再回到和罗心影在一起的、有酷热天气的、有暴风雨的、有烦恼和快乐的夏天以及秋天。

那些天,我几乎天天都和罗心影在一起,除了上班,以及其他不能不做、不得不做的事情以外。

不准确地说,我们的"蜜月"一个星期就过去了。"蜜月"以后是另外一种状态,或另外几种状态。对我来说,不管是什么"蜜月",还是什么状态,我都能深深地记住。真是奇怪,人生的许多事情,来得快,去得也匆匆,转瞬即逝,不可捉摸,更不可推敲。

我疲倦了,想去睡觉了。

是的,秋天已经到了,只是天气尚未转凉罢了。街角处的新大楼也已经动工了,搅拌机"嗡嗡嗡嗡"不停地响着,站在路边看建筑工人施工,很容易就能耗掉两到三个小时。热带风暴继续生成,刮过洋面,向台湾海峡迫近,影响江浙。吊兰吸收室内废气,夜来香开着浓烈的有毒的花,巴西木叶色苍白,营养失调。纯净水送到,电源灯启动。手机"嘀嘀嘀嘀"响,是该充电了。阳台上装空调,凉水珠洒满地。红绿灯很快变换,所有车辆不准左转。盗版书躺在小书摊上睡大觉,盗版碟发出"吱吱扭扭"的怪声怪响。农民工进城,工人嫂下乡。厨具要擦洗,鲜桃遍街巷。防盗网装在窗户上,热水器架在屋顶上。白天摇门子串四方,晚上点灯补裤裆。

我真的疲倦了,我想去睡觉了。

再回到那一年,再回到那一年的夏天、秋天。

第九天。

罗心影又外出了,一天不在家。

上午我到办公室,十点多和同事一起去买冻牛肉,买老鸭,宰好褪毛,以便煨汤。中午把牛肉和老鸭送到父母家,阿姨(保姆)回乡下了,过两天回来,母亲已经做好了饭。刘濉州中午不回来吃饭了,这小子在干什么?在补习功课吗?有点顾不上他的感觉。午饭后午睡。三点半多点打电话到单位,没人接,好像谁都没去上班。室外酷热、高温、无风,倒头再睡。四点半骑车上街,去单位拿信。晚饭后回自己家,洗澡,开空调,开电视。

入夜后的电视节目如下:相亲节目,科技动态,海外旅游,香港搞笑片,国际新闻,体育世界,新款汽车,大专辩论会。看电视的间隙:喝水,吃香蕉,吃橘子,吃山楂片。站在阳台上盲目乱看,听到楼下有人吹口哨,引起我吹口哨的雅兴,吹了半支曲子,天气仍热,回到房间。

继续看电视。

晚上十一点二十分,尝试给罗心影家打电话,没人接。十一点五十分再打,仍然没人接。十二点二十分,又打一个电话过去,根据以往的经验,不抱任何希望,电话响了四五声,电视里有人扣篮,我打算挂掉,但竟然有人接了,大喜过望。"小乖乖,是你吗?你回来了?""我刚刚到家。"罗心影的声音很轻,也很小,似乎是在床上,也似乎不想多说。"累了吧?要不要我过去,或者你过来?我去接你?""不要了,今天忙了一天,觉得非常疲倦,我想睡觉了。""那好吧,你睡吧。晚安,小乖乖。""晚安。"

放下电话,眼睛盯着电视,心里觉得有点别扭。

口吻?态度?声音?少了些什么?多了些什么?总觉得有什么地方不对头,很不对头。

有什么地方不对头?大惊小怪,风吹草动,但是,反差太大、太大!绝对有不正常的地方,是吗?绝对反常!

越想越待不住,怎么啦?是我有什么不对吗?是她生病了吗?这时候我不该关心她吗?她碰到什么不愉快的事情了吗?还是⋯⋯

下床,在房间里漫无目的地乱走一气,手心出汗,脚心出汗。回到床上,再下床,再回到床上。不管三七二十一,拎起话筒,按重拨键,电话响到五六声,罗心影才接,声音像蚊子叫,轻轻、轻轻、轻轻的:"喂。""我是刘康,睡啦?"一个明显是做出来的哈欠:"睡啦,困死了。""威廉和小保姆在不在?"电话里有些过分安静。"他们在奶奶家。"她已经露馅了,需要声音轻轻的、轻轻的吗?我直截了当地说:"你那里有没有别人?傅志怀回家了?"感觉她内心有鬼,有些不自然地笑:"没有啊,就我一个,你在瞎想什么?"穷追不舍,不留余地:"但我觉得不对头,你那里肯定有人。"表面上极力辩驳,但内心很虚:"真的没人,就我一个。"逼她向绝路:"那我到你那里去。"急忙阻止:"我太困了,我真的要睡了,早晨我给你电话。晚安,宝宝。"

电话挂断,我气急败坏地躺在床上。

保持克制?讲点礼貌?就此罢休?完全阻断以上这些冷酷的、不带任何情感的念头!在这种情况下,我不可能入睡,或者做别的什么事情的。我要发疯了,这件事不弄清楚,我不可能平静下来的。我不顾一切地再拿起电话,按重拨键,虽然觉得自己有点恶劣、失控,但态度绝不暧昧。

电话铃响到尽头,顽固地响,接了,她肯定有些生气,但还算克制:"我已经睡了,明早再给你电话,好不好?""告诉我实情,你那里到底有没有人?""我真的太困了,我明早给你电话。"她固执地说,但没法发火,也不能断然挂掉,对她来说,很显然,深更半夜,这只能是老公的查岗电话。我已经绝望,停顿半晌。"好吧,"我说,"晚安。"

下半夜我不知道是怎样熬过来的,我胡思乱想无数,我也会这样告诉自己:跟我有什么关系？有关系的是傅志怀,跟我有什么关系？但我说服不了自己,我无法使自己平静下来。

一直到天快亮,我的烦躁不安才逐渐衰变成半悲哀、半痛苦、半绝望。

也许我真的该从她的角度想想问题。我们俩都是绝对自由的,这还有任何问题吗？这还有任何疑问吗？我们相互有任何承诺吗？我们将会有承诺吗？我会有承诺给她吗？她会有承诺吗？我们愿意有承诺吗？想不清楚,团糨糊,什么都想不清楚,什么都想不清楚,一团乱麻,一团乱七八糟。不想了,绝不再想了,头脑很疲倦,但是睡不着,迷迷糊糊的,也许睡着了一会儿,也许睡着了一小会儿,不知道,一点都不知道,头脑很疲倦。

六点不到,罗心影打电话过来了。

她一上来就说:"你疯啦,半夜三更,一连三个电话,你神经病啊!"我竟然冷静下来了。"对不起,"我说,"请你原谅,我昨晚实在控制不住,请你原谅。"

这真是一种可怕的道歉,电话里的罗心影顿时沉默下来,我也沉默。我想,我绝不会主动说话的,不管结果如何。电话里静得怕人,肯定要有什么不愉快的事情发生了,我们之间的关系肯定完了,没有人能受得了我的这种态度的,我们之间的关系肯定完了。

沉默了很久很久。"宝宝,我爱你。"罗心影终于说话了,她在电话里轻轻地这样说。很明显,这是她的道歉,但这次她的声音很真实,她的心情很真实,我能听出来。听到她的这句话,我立刻感到自己已经受到了伤害,伤口骇人地暴露出来了,不是这句话,而是夜里发生的事情。我就像孩子遭遇委屈后受到大人的疼爱一样,我想哭了。这不像是我,我怎么会这样软弱?我从来也没这样过,我怎么会这样?莫名其妙的爱情真的能冲昏人的头脑?

"宝宝,到我这里来,好吗?现在就来。"罗心影在电话里轻声说。

现在回想起来,我觉得我那时候真的是那么不成熟、那么任性,但我也是真实的。而罗心影的确是值得我去深深地、更深地爱着的,她总是那么完好地、理智地、有修养地处理正在发生的事情,哪怕自己受到某种委屈,而我却不能。她绝对是应该值得有人深深地、更深地去爱着的。

榆树树叶在晨风中"沙沙"作响。

我出现在罗心影的家门口。

敲门,开门。毫无疑问,我们俩都憔悴不堪,我知道,昨晚的三个电话把她也折腾惨了。我进门,我们俩紧紧地搂抱在一起,一句话都没说,感觉是一种无言的大深沉和大默契,那种状态真实在,似乎达到了一种高超的大境界,深沉的感觉大大消减。一秒、两秒、三秒、五秒、八秒,再无声地搂抱只会剩下尴尬,于是开始说话。

"小乖乖,我爱你。""我也爱你。""昨晚真的没有?""嗯,就算有吧。""谁?""一个同事,他追了我很长时间,但昨晚我喝酒了。""你们就一道回来了?""到楼下我突然很冲动,心一软,就让他上来了。""打电话时,你们正在做爱?""被你的电话打断了,他认为是傅志怀打来的。""那后来……""后来?后来没有心情了,我就叫他走了。对不起宝宝,我错了,我知道我错了,我爱你。"

我不觉得我问她这些有点心理变态,我认为这都是我应该问的,应该知道的。我说不出话来,只觉得又一次受到了伤害,我喉咙发干、变哑,一句话都说不出来。我的脸色那时大概非常非常难看,情绪可能也十分不对头。罗心影抬起上身,亲了亲我的脸,问我:"宝宝,要不要喝点水?"我点点头,她起身离去。我似乎伤心到了极点,眼泪不由自主地流了下来。

"宝宝,我爱你,我几十年的情欲,在短短的一个星期里都付出去了,都付给你了。宝宝,我爱你,我从心里爱你,但我觉得太累了,感情已经超支了,你这样的爱谁也受不了。"

我捧着话筒,静静地听着她说。

"但是我爱你。"

第十天上午某时,我们通电话的时候,罗心影这样说。

"虽然我们不可能会白头偕老,但是我爱你,真的很爱你。"罗心影哽咽着说。

没出息(我指的也许是我的儿女情长)？我从不这样看待我自己,有生以来,我从未在任何事情上颓丧过,有生以来,我也从未失去过努力的愿望；我也一直是十分坚强的,遇到任何困难,我都从不退缩。只不过现在,我再一次感到我是一个失败者,一个痛苦的失败者,在淝州再一次成为一个痛苦的失败者,这是我心中的羞愧感在作怪吗？

在生命的那些阶段,我有些自惭形秽,每个人大概都有那样的经历(失败的经历)。我在江淮大地上屡屡失败,以至于我在短期内迷失了方向,用那些知识分子的话说,似乎迷失了自我,这与我曾经有过的理想不符,与我的人生志向,似乎也相去甚远。

表面上,我们好像都平静下来了。

我清楚地记得那些日子的一些难忘的情景、一些片断,电视画面上的罗心影仿佛瘦了一圈,虽然她的笑还是那么迷人,但我能看出她内心的疲惫、失神以及不平静。我用一种复杂的眼光长时间地盯着电视屏幕,盯着罗心影,我还会用录像机把罗心影的节目录下来,反复播放,看着我想看到的罗心影,一直到把那些画面看得滚瓜烂熟——

罗心影在秋季的果园里,晃动的摄像机镜头,果实累累的果树,果园里黄澄澄的土地,手拿高枝剪的果农。镜头停下来时,罗心影从镜头外走入:"这就是我们今天要向大家介绍的……"

罗心影在风景区,那是大雾中奋力攀登的罗心影。光滑裸露的岩石,一些雾团从山谷里升上来,又慢慢散开,太阳到很晚才显现出来。"日出并非谁都能轻易看到……"

罗心影在"莘莘学子的追求"研讨会上,说:"没有平坦的路可走,只有奋斗,才会成功。"

罗心影在演播室,整个背景都是黄灿灿的向日葵,向日葵铺向天边,天边无限遥远,云量很少。

"我爱你。"我会对着电视画面说。

"我爱你。"

"我也爱你。"

又一次电话对话的开始。

"那你为什么还那样?"

"我不想再提那件事。"

"为什么不想提?"

"我不想再提,你不是我丈夫。"

"我不是你丈夫。"

"我也不是你妻子。"

"你不是我妻子。"

"我有我的自由。"

"但我们在一起,而且前一天晚上还在一起,我们这一段时间一直在一起。"

"这说明不了什么!"

该死!我好像变成一个无赖了。

"你也会向他(她的那个男同事)哭诉吗?"我似乎开始伤害她了。

"你浑蛋!"

"对不起。"

"你浑蛋!"

"我爱你。"

"你浑蛋!"

我觉得我不是那种人。

我觉得我不是那种荒唐、无聊、无赖、纠缠……的那种人,我想到了这些最为我不齿的字眼。

但我的想法在我的脑袋中是真实的,我没法不说出来,我似乎需要发泄出一点东西来。

那是我最稀里糊涂的一段日子,最不可理喻、最缺少理智的一段日子。我坐在一把橘黄色的高靠背转椅上,手里捻动一串不知从哪里搞来的佛珠,眼睛呆视墙壁。用手摸,用手摸,不能看,不能看,第一颗代表性格,第二颗代表运气,第三颗代表机会,第四颗代表季节,第五颗代表冲突,第六颗代表埋伏,第七颗代表变化,第八颗代表未知,第九颗代表希望,第十颗代表劫持,第十一颗代表一切照旧,第十二颗代表决绝。用手摸,用手摸,有没有疤结?有没有不圆?有没有方圆?有没有大圆?

大榆树的叶子在初秋的风里飘动,沙漠的轮廓慢慢移过来,挡住了太阳,电视上一大群人高歌而慷慨赴死。热带雨林?街头公厕腥烘烘的气味,俗红色的脚手架竖上天空,电锤缧缧啦啦,油酥烧饼味道好香。所有这些东西都搅和在一起,把我弄得头昏眼花。

"你就要收到一件礼物了!"

"什么?"她的口气里充满了警惕和不安。

"一截手指。一截带指甲的食指,你亲吻过的手指。"

"你不要胡来!你在干什么?"

"不要自作多情,这不是为了你。"

"宝宝,你到底要干什么?"她的委屈和受到了极大伤害的感觉,立刻从哽咽的话音里流露出来。

母亲家的阿姨仍未回来。

难得帮母亲做点家事,呆呆地看窗外的秋花,扶桑叶子发黄。用淘米水浇地?一片北京柿树的厚厚的叶子从树上落下来,落于地,有风卷起、卷起、卷起,最终不知去向。洗菜、切菜、剁鸡,关紧厨房门,狠狠一刀下去,真的要惩罚自己?真的是一种自虐的快感?真的是要寻找另一种形式的平衡?左手食指前一部分断开的时候,我尖叫起来,但只有尖叫的前半声,后半声被我拼命吞回。我绝不想让年迈的父母再为我操心,刹那间,我清楚地记得,指头鲜血喷涌而出,溅落在案板和水池中。我双膝跪倒在地,不可能去想会把衣服弄脏,我的心脏猛然收缩,剧痛,好像突然停止了跳动。体力极弱,大脑一片空白,但我还有理智,右手把菜刀扔在案上,紧紧攥住左手食指,剧烈的刺痛使我不得不全身倒在地上,恶心、呕吐。心脏在悸动,脸色肯定无比苍白,大滴大滴的汗珠顿时涌出。我弓着腰,张大嘴巴,在地上左右滚动,拼命忍住,不发出一声狂叫。

后来慢慢缓解了,我在地上大口大口地喘气,直到更加缓解。

"宝宝,你为什么要这样?"

"你为什么要这样折磨我?"

"现在你快活了吧?"

"折磨我你快活了吧?"

在不同的时段里,罗心影发出了以上不同的疑问。

见到我时,罗心影伏在我腿上,"呜呜"地哭起来。

那么沉重的感情,感情真是一种沉重得不能再沉重的东西,比铁,比大石头,比一栋楼房,比所有的东西,都沉重。我搂着她的头,一种共患难的感觉,久久不息,她说她也是。

"宝宝,现在还疼不疼?"罗心影捧着我的手问,她还不时用嘴往我包住的手指上吹气,好像是要使它凉得快些。我还在脖子上吊了绷带,一股淡淡的药棉的气味。

晚上,我们在环城公园的小湖边坐了很久。

我们的身后是一条小路,散步的人来来去去走个不停,我们搂在一起。天仍有些热,星星在夜空中眨眼,我们看着水里的星星。罗心影说草丛中有蚊子咬她,我帮她赶蚊子。后来我们就起来走动,在湖边转悠,走个不停,一直走到很累,我们才又找了个地方坐下。

月亮都偏西了,很偏西了,散步的人也很少了,相当少了,但也不是没有,我们还在老地方坐着。罗心影说:"宝宝,我累了,我想回家了。"我说:"确实不早了,我送你回家吧。"

罗心影点点头。她又说:"宝宝,我现在好像没有什么欲望了,一点都没有,一点欲望都没有,不知道为什么。不是针对你的,我很希望为你做点事情,但我现在好像对性很疲倦,一点点欲望都没有。"我说:"你大概太紧张了,也许慢慢就会好的。"

大榆树树叶还在夜风中飘动,发出一点"沙沙"的响声。

我们轻轻进屋,不惊动已经睡觉的威廉和小保姆。

疲惫的感觉萦绕在我们身边。

经常通电话,但我们见面的次数减少了许多。

第一个星期,第二个星期,第三个星期。断指之后,大部分日子我过得非常深沉,心沉得非常深。

天气逐渐转凉。

天气逐渐、逐渐转凉。

天气时热时凉,虎耳草开始旺长,根扎得到处都是。月饼已经上市,商场门口出了摊子叫卖。乐透型福利彩票再度发行,但人迹寥寥。被季节抛弃的夏装打了六折,小姐在服装店门口招揽客人。我站在城市的人行天桥上看车,"沙沙沙沙",车来了,车走了,后来,我也走了。

断指之后大约二十天,我中午和罗心影到市郊的一个小镇罗镇去,罗心影只有四个多小时的时间。"罗镇的地锅鸡非常好吃,营养也非常丰富。"她下午还要回台,我们想出去散散心。"来得及,完全来得及。"我们坐那种很破的中巴车去,车很破,但服务很好,车多人少,都想抢生意,二十分钟一班,随时有车,方便倒是方便。

"罗镇,你的姓。"

"我姓刘,改姓啦。"罗心影抚摸着我的手。

车上都是当地人,大多是当地的农民,他们又大多是早晨进城,中午返家的。他们讲着当地方言,把"鸡"念成"滋",把"姐"念成"子",骂人话是"我楞你妈",但"楞"的调不对,应该是第一声,汉语里没有相应的字。他们进城销的货是鱼虾类、青菜类、鸡鸭类、瓜果类、咸肫咸肉咸鱼咸鸭咸鸭蛋类,返乡带的东西是猪肉、奶粉、月饼等等。泗州人是咸货消费大户,泗州当地人总是在自家门旁、墙上、树上、院里、厨间挂满腌货,从冬吃到夏,从秋吃到冬,在大米饭锅里蒸上一碗咸肉或咸鸭子,米饭熟了,咸肉或咸鸭子也飘出了特别的香味。"真香!香呆了!"盛一大碗白米饭,上面夹几块冒油的咸肉或咸鸭子,蹲在门口"滋滋哑哑"地吃,那种风情令人难忘。

"看他们生活得也是那么满足,真是各人有各人的活法。"罗心影眼巴巴地看着一个拎一刀五花肉的农民说。

很快,我们看到了大自然的田原的风景,一块一块的稻田,半青半黄,许多块稻田中央有一口池塘,这叫"当家塘"。江淮丘陵地带水源贫乏,当家塘能起到很大作用。一座村庄过去了,像淮北的滩浍平原一样,这里的村庄里和村庄旁边长着树,所不同的是这里的村庄因为地势的原因有高有低,不如淮北的滩浍平原平坦,树也不如滩浍平原长得大。一些村庄的村口停着几辆三轮马自达,妇女们在门洞里说话、做活、照看孩子。

罗心影靠在我身上,车停了,车开了,下人,上人,我们默默不语,但我们的心在跳动,与平常有所区别。看上去,日常的生活也能使人激动。"池州我老家那边也是这样,比这里还好看,特别是山里的河。"罗心影喃喃地说,我们像季节一样安静下来了,静静地看着窗外的风景。

"我想去爬山。"

我们在一个叫枣树李的地方下车,我们本来是可以在更前面一点一个叫粮仓的地方下车的。从那里下车,几乎可以直接到罗镇,但从枣树李这里下车,就可以去爬一座小山,翻过小山,就到罗镇后街了。这是罗心影的主意。

下了车站在空旷的公路上,视界显得很开阔,吹到身上的风也有些大,甚至有点呼呼作响。

"我想喊。"

我们都会想起在滩州时爬山的情景,虽然那不是同样的季节,也不是同样的人物,更不是同样的关系和心情。

天空有点高远,这是秋天的迹象。我们手拉手走进稻田中间的小路,山下是岗地,地里种着花生和山芋。但岗地不多,很快就有小山了,一条蜿蜒的山溪从高处淌下来,淌到一处洼地里,洼地的下端砌上石坝,洼地就形成一座小小的水库。山溪流淌的溪谷里,到处都是青青的野草,一只白山羊在断壁上看我们,四蹄丛立,"咩咩"地叫。

我们悠闲地往山上走,山坡上野草芊芊、小花朵朵。我们在山坡上坐下,看山坡下低处的风景。秋风宜人,秋风吹过时稻浪起伏。"为什么山里的房子都是青砖红瓦的呢?""这样可能更醒目一些。"真的,青砖红瓦的人家,一处,又一处,第三处,绿荫缠裹。

再往上走,山路红红,是那种山红土,下点雨都不起泥的那种土。山路两边都是树,大多是松树,一种我和罗心影都叫不出名字的松树,另一处大山洼里有一大片建筑,楼房、瓷瓶、线路、水泥杆和水泥地。"那是变电所,城里都用它的电。"问一个牵牛往山下去的小孩,他轻快地说。

新华酒店在罗镇的边缘,几间青瓦屋,一个四合院。

我们在院里的一个单间坐下。前屋里有一桌人聚餐,听店主人说,学生家长请老师的,谢师酒。我们点了几个菜,小青菜,(这是本地自家菜园里长的,不会有什么农药)、咸鸭肫炒木耳菜(当地风味)、盐水鸭(地方特产)、鸡蛋炒韭菜、鸡蛋丝瓜汤、土鸡蛋。园里的韭菜,园里的丝瓜,都很不错。镇外菜园里到处都是,出门就能看到,看到它们怎么种、怎么出生、怎么长,主妇怎么采摘,就像自家园子里的东西一样。两瓶啤酒,再煨两只地锅鸡,带回去的,罗心影带一只,我带一只到父母那里。

"以后我可能会去做编导,或者去主持另一档节目。我只是这么想。"罗心影偶然这么说。

我和罗心影都跑累了,也饿了,菜上来了,我们大吃大喝起来。

"真香,没吃过这么香的菜,人饿了真是吃什么都香。"

才十二点多一点,时间完全够用。

包间的门开着,从门里能看见院子里发生的事情。院子靠墙边的地上用锹挖了个土坑,土坑坑沿摆了三块红砖,一只大铁锅放在上面,一个十多岁二十岁不到的女孩子,在土坑灶边烧锅。土坑里烧的都是杂树枝、高粱秆和玉米秸,火烧得"噼噼啪啪"作响,一股青烟升起,一种特别的植物燃烧的味道在空气中弥散。除了这种艺术性的烟气外,罗镇的天空绝对是一尘不染的,干净得要命。中午的罗镇,中午罗镇的边缘地带,都静得让人心碎。

起初,我和罗心影狼吞虎咽,把盘里的菜、盆里的汤一扫而空。但很快我们就吃饱了,酒足饭饱,罗心影偎到我身边,像一只乖乖猫,我们安静地看着地灶里的火苗和烟雾。

从罗镇回来大约十五天以后的一个中午,我和罗心影到市郊的一家酒店去。罗心影拿到了证书和奖金,她非常高兴,打电话来,一定要请我的客。"我一定要请你吃一顿饭,我们再喝点酒,不喝啤酒了,喝点白酒,反正五点以前没事。"我马上打的去接她。她站在电视台长长的电子门外,猩红长裤,象牙白长袖衫,黑松糕鞋,亭亭玉立,美不胜收,连出租车司机都目不转睛地看。

"猜猜我拿到多少奖金,不要猜太多。"罗心影一上车就勾住我的脖子,在我耳边悄声耳语。我把司机的后视镜扭向一边,这样就再也看不见司机骨碌碌乱转的眼睛了。

"五千?"

"唉,少了。"

"两万?"

"又多了。"

"那就九千。"

"宝宝,算你聪明!亲亲,亲亲。"她在我脖子上乱扭。

刚刚下过几场雨,天很凉爽,路边的树和草都青葱,车窗往上摇,略留点小缝即可。

车到市郊,随便找个地方下来,一位穿花褂子的小姐在酒店门口招呼我们,看样子她还朴实。"到哪里都一样,这家看上去干净点。"罗心影说。

于是进门,找单间,茶水上来,还有黑皮瓜子。"有什么土菜?"凉皮?炖狗肉?炖驴肉?炒土鸡(仔鸡)?炒羊肉?腌豆角?南瓜汤?红苋菜汤?点了小青菜(还是小青菜,我们俩都吃不够)、凉皮,罗心影很喜欢吃的;炖狗肉,大补,再说天也渐渐凉了(罗心影贴在我耳根说:"我性冷淡,吃点狗肉说不定能治好。");炒鸡杂,都是当地土鸡;腌豆角,地方土特产;南瓜汤,营养丰富;再上一瓶白酒,八两装(号称一斤)。够了,够了,足够了。

"手好了吗?伸过来给我看看。"

"没完全好,还是有点痒痒的。"

"你的手指值多少钱?"

"两千多,将近三千吧。"

"宝宝,你看你在干什么!我都心疼你了。我爱你。"她的眼泪又快下来了。

说一个多星期里的各种事,节目、人事、新闻、丑闻、天气、温度、心情、身体。"总觉得有点低烧,前几天一直觉得低烧,可能是太忙、太累了。""大概是太忙、太累了,但一定要注意身体,小乖乖,千万别把身体累垮了。""睡眠也不够。哇,狗肉上来了!快抢!"罗心影先夹了一块给我,"嗯,嗯——"撒娇,送到我嘴里,然后低头大啖。室外狗叫,一只肥膘狼狗站在酒店门口。"不是它身上的肉吧?""咯咯咯咯"地大笑,"早上没吃饭,起晚了,今天开工又早,过些时候,我们组可能要配一两个人来,那就会轻松点。"

南瓜汤也很好吃、很好喝,汤有点甜甜的,瓜瓤清香。我吃小青菜和鸡杂吃得多,罗心影吃凉皮和狗肉吃得多,我们似乎在暴饮暴食。"我真需要补补了,需要大补,"罗心影在我耳边神秘地说,"再不补,我的性冷淡就变成性恐惧了,你就不要我了。"

一开始我就有预感,够量的白酒会对罗心影产生极大的作用。

"要出去做节目了,下个月,长江一路下来,没一个月都不行。一个月都不一定行,一个城市一个城市地跑,一路跑下来。其实这些节目人家早已做过,我们还要炒冷饭。如果视点新那倒没什么。这之前还要去北方一次。哦,真累,真想到哪里去度假一个月、两个月,彻底放松下来。"

酒和着菜,是一种特别的香气,罗心影脸上开始泛起一些淡淡的红晕,她伸着懒腰,尽力舒展开身体。"也有好长时间没去跑步了,健美训练也暂停了。"她留恋地说,她还不断地倒在我身上,嘴唇油亮亮的,"宝宝,我喝多了,到你家去吧,我也困了。桑小媛没来吧?她不要你了吧?"我说:"桑小媛没来。我们走吧!""刘濉州呢?""刘濉州在爷爷奶奶家,他在上学。""现在不走,现在不走,"罗心影固执地说,"把酒喝完再走,喝完再走,一人一杯,一人一杯。"

我们睡到快四点才醒,我先醒来,我发现赤裸裸的罗心影偎在我怀里,睡得无比香甜,我还从没见过她睡得这么香的时候。因为温暖的原因,她的脸红扑扑的,脸上的皮肤细嫩无比,还散发着一种香气和温热气。"真是无比可爱。"我在心里说,并且只能用"无比"这个词。我搂着她,一动不敢动,怕把她动醒。

罗心影又出门了,去河北石家庄了,去保定了,去天津、塘沽了,又去了哪里?不知道!

真的,有一种夫妻的感觉了,有一种平稳而又稳定的心绪了。

一次意外的相聚,一次意外的欣喜,电话铃响。

"宝宝,是我,我在北京。""在北京?""对,在北京,过几天回去。你好吗?""都好。你好吗?""不太好,我被抛弃了!""被抛弃了?""对,被他们抛弃了,一个人待在招待所里,无聊死了。""你一个人吗?""对啊,一个人啊。""要不要我去陪你?""你来北京?""不行吗?我们到处跑跑。""但我只有两天,严格说,只有一天半,他们最迟两天后就要回来。"

她似乎被我的这个决定吓住了,但好像也被吸引了,其实是因为她完全没想到这一招,完全没想到我会这么说。

"一天半足够。""真的吗?""真的。""你今晚就来?""今晚就去。""我爱你,宝宝。""我也爱你。""我明天在火车站等你。""我爱你。"

我想,这并不是很难办的事情,明后天正好是双休日,时间绝对来得及,虽然看起来很远,但火车跑起来一夜也就足够,一觉睡醒就会在罗心影的身边,前些天的提速可能更会缩短时间。

给远在潍州的桑小媛打说谎电话,说明后天跟两位朋友下乡去玩。"到哪里?""可能是庐江白山。"可能,对了,可能,老奸巨猾的老祖宗发明的极其实用的虚词。"白山?""对,就是庐江白山,巢湖南岸的那个庐江白山,那个白石天河东岸的、有一条老街的镇子。"雾霭在我眼前飘动,一些巨鸟在宽阔的河面上展翅飞翔,一块块碧绿的稻田铺展向无尽无涯的远方,农人戴着竹制的斗笠站立在田埂上,一种新式的中巴开到桥头上……

列车向北方奔驰,从车窗里看见站台上东张西望的罗心影了。"嗨,嗨。"她不可能听见的。从车窗里向她招手。北方的早晨很有些凉意,下车的人都拥向了出站口。"罗心影。""刘康。"拉住她的有些发凉的手,她的脸有些微微发红,不知是激动得呢,还是在站台上跑得。

"对不起,宝宝,他们回来了,没想到他们回来了,今天早上回来的。"她沮丧地说。

"那真有点危险,要是在房间里和他们相遇。"

"我就说'这是我丈夫',刚换的。对不起,宝宝,是我让你来的。"她搂着我的腰,轻轻在我脸上亲一下。

"没关系的,小乖乖,见到你不就满足了? 还有时间吗?"

"上午都可以的。"

"我们去天安门吧。"

像是一次蜜月旅游,我们手拉着手出现在天安门广场上。北京的太阳出来了,是一个暖和的日子,许多鲜花摆放在天安门城楼下的那些地方。我们沿长安街往东走,我们在一家西点店吃了午饭,里面是各种各样的老外,一个面包十五块钱,但确实好吃,风味独特。

下午两点,乘车返回涠州。

我已经不会写作文了,或者说我现在连作文都写不好了。大学毕业以后,除了那种学究式的呆板文章以外,我都几十年没写过有文采的作文了。我记得我上中学时最喜欢用的词和造的句就是"美丽""飞扬""勇猛""灿烂""他脸上露出了甜蜜的微笑""他昂首阔步向新世纪走去"。那是多么深刻、丰富和耐人寻味的一些词句呀!而现在这种重复来重复去的写法,让人心虚。事发的当时可能会有风采,但几十年后再看,结构却是这么单调,事情也是这么简单。没有办法,真的没有办法,简直无法补救。

但是,有一点不可否认,那就是现在的夏天,或者现在的秋天(春天和冬天也不能免去),除炎热或干燥以外,就是乏味和无聊,和二三十年前的夏天以及秋天,简直不能相比。对现在的年轻人,比如刘涠州来说,我相信,现在的夏天和秋天,淡如开水,已经没有一点味道了。

再回到那一年的秋天。

离罗心影"伤害"我的那一夜六七十天以后,在罗心影再一次出远门之前,也许是受到"北京模式"的影响,我和罗心影有了一个"大大"的计划。我们议论了几次,就是两人"专门"到附近的一个什么地方去住一两天,"专门"的,彻底放松放松。

"到哪里去呢？到池州你老家那边？山清水秀的。"

"但池州有点远。也许温泉更好些,那里能洗温泉澡,还有疗养院能住,离溯州也不算太远!"

"好的,小乖乖,我爱你。"

"我也爱你,亲亲,宝宝。"

"叭。"电话里一个香香的、响响的吻。

一大早（其实也都八点多了）我们就出发了,罗心影脖子上搭着我送她的有碧绿大荷叶图案的真丝大围巾,牛仔裤、粉红色夹克衫,脸上一派喜气洋洋。在车站的人丛里,她绝对显眼,是个无可争议的亮点,甚至可以说惊人地美丽、漂亮。

"她们都说我围这条丝巾好看,我也觉得非常好看。"

汽车正在出城。

红灯。汽车停在一个宽大的十字路口,十字路口的中心,一块牌子上写着"严管路口"。路边的一块牌子上写着：

骑车的您：

红灯请稍候　车停白线后

太阳暖暖的,我们在车上说着悄悄话。后来,我们专注地看车窗外的风景,小声争论路边较远处的山坡上,那一个个白色的东西是石头还是羊群。汽车爬过一道山梁,我能闻到罗心影脖子上的体香,不知怎么的,这种体香激起了我对她的浓烈欲望,天气那么好。

真的,太阳当头照,晴空万里,天气那么好,在这种季节坐汽车旅行,真是绝佳的选择。奔驰的汽车让人感觉意气风发,志向也似乎远大了起来。

汽车再一次开到山顶上,接着加速往山下冲去,山下的山都尽快赶来,然后又尽快退后。

时间过得很快,到温泉是下午一点。下车先吃了点饭,牛肉面什么的,然后在小镇上四处游逛。午后的风有些大,吹得河边的垂柳扭腰磨臀。我们很快把整个小镇转完,然后选了一家冶金部门的疗养院,进去登记住宿。

原以为服务员会询问我们的关系,我们也为此做好了应对的准备,就是掏出各人的身份证,再编一些看似合理的谎言。但这种担心根本就是多余,整座大楼,除我们以外,只住了两对旅客,而整个这一层楼,就只住了我和罗心影两人。这种时节可能是淡季,各家疗养院大致都差不多,服务员们都见怪不怪,绝不会把有限的客人往门外推的。

我们挑了最靠里的一间大房子,房价也便宜得出奇,一晚才九十块钱。两张单人床、电视、卫生间;也许能洗温泉澡,但服务员告诉我们,客人太少了就无法供水;一对沙发,特别是有一个带廊的大阳台,好几十平方米,从阳台上能看清大半个院子,人工园景,还能看到院子外面的大片稻田、田埂上的树、溪流,以及远处的高速公路、山峰、农舍。

"宝宝,我困了。"

我们上床睡觉。罗心影把身体转向另一边,我从后面抱住她,房间里静静的,整个疗养院都阒寂无声。

"宝宝,你不想要我了吗?"

"当然想,但是你想不想?"

"我不想,"她有些苦恼地说,"我现在不知道为什么,一点欲望都没有。这一段时间都是这样的,你说这是不是一种病?"

"我不知道。"我说,"是一种精神因素吧,小乖乖,你的压力太大了,虽然我不知道是什么压力。"

她点点头说:"但是我应该给你的,我不想让你扫兴。"

我没有说话。

于是,什么声音都没有了,只有太阳照在大阳台上的琐碎声响,还有农田里水稻正在成熟的声音。

醒来时大约五点,西边的大阳台光芒万丈。

阳台真正是一方可人的天地,阳光明媚灿烂,一点风都没有,温暖极了。我把房间里的两个沙发都搬上阳台,泡了两杯茶,两人戴上墨镜,坐在沙发上,腿架在大阳台栏杆上,喝着热茶,晒着太阳。

视界里的一切,都沐浴在阳光里。阳台上真的一点风都没有,真舒服,我们晒得眼都眯起来了。一棵玉兰树的上半部分与阳台平齐,稻田边一头水牛正在低头吃草。罗心影忽然哭了起来,我赶紧抱住了她。

"怎么回事,小乖乖?"

"我不知道。"她偎在我怀里,眼泪一颗接一颗往下滚,"我怎么一点欲望都没有了?为什么会这样?我有点害怕!"

"你太疲倦了。不要想太多,休息休息就好了,你太疲倦了。"

"我爱你。"

"我也爱你。"

"但我真的需要独处一段时间。我说的是感情上,还有身体上。我想看看我自己会不会有什么变化,我很担心自己的身体,我对它现在好像一点都不了解,它好像也不听我的指挥了。"

"我能理解。你马上就要出去做节目了,那样也能放松一下。"我轻声说。

"我有点担心我的身体。"

"我爱你。"

"我也爱你。你讨厌我了吗?"

"永远不会!"

"我惹你生气了你也不讨厌我吗?"

"永远不会!我爱你。"

六点多穿衣服下楼,院里院外没有一个人,连服务员也都不见影子。

走到镇街上,街上也是人迹寥寥。在街头拦了一辆红色出租车,到十公里外一座叫沙州的城市去。

公路非常宽阔,公路上突然大风吹动,异常豪爽,不远处的山看上去也都爽朗、猛悍。罗心影靠在我身上:"我在听你的心跳,真好听。"

在城市的桥头下车。城市被晚霞笼罩着,各人匆忙来去,大概都是往家赶的。我们拉着手,顺着人行道,一直逛到市中心。几家大商场逛完一遍,又逛到一个大湖边,那是巢湖。大湖沿岸有两三里路的石栏杆,还有人行道,再往前就是乡郊野地了。从这里回望城市,城市里华灯四起、温情毕现,湖边倒是起了些风,带来不少凉意。我们转身往回走,从另一条路走到城里,又走回市中心。

"小乖乖,饿了吗?""有一点。""听说沙州有一种老鹅汤,非常好吃,去吃老鹅汤吧。""好啊,在哪里?""问问吧!"

仍然手拉手在城市的灯光里走,不急不躁的。

先去问了一个卖香烟的小摊主。"好几家啦。"她说。"哪一家最有名?""一人巷里有一家出名!"于是按女摊主的指点去找一人巷,找了许久,问了一个戴眼镜的人,他却说不知道沙州有什么老鹅汤。再往前走,走到一座小石桥上,问一个蹬三轮车的男人。"一人巷那家早关门了,"男人说,"最正的是东门马三老鹅汤。""那马三老鹅汤怎么走?""一直往东,过桥往北拐,一百米。""你拉我们去多少钱?""五块钱。"

于是上车,先扶罗心影上去,自己再上去。车走动起来,靠在车靠背上,风徐徐吹着,身上干爽爽的,非常舒服。高一眼看城市,灯光下都是模模糊糊,还有个吹小喇叭的,在一家大商场门口,车慢慢就走过去了,他和小喇叭的声音,都留在了后边。

罗心影又要了白酒,一斤的,这说明她心中有什么东西,也说明她在努力做某种事。

我支持了她,我自己也想喝一点,疗养院的夜晚肯定单调、寂寞,喝点酒人总会舒服些,晚上也能睡个好觉。

很大的酒店里,只有我们两人,没想到会上一大盆老鹅汤,像濉州人一样,沙州人真实在,而且味道也真不错,跟名气更大的泹州贡鹅味道不怎么一样。

门外是公路,各种车"轰轰"不停地开过来,开过去。罗心影喝酒喝得有点猛。扎白布兜的小姐来上菜,罗心影看着小姐,对我说:"我要问小姐一两个问题。"我也看着小姐。

"老鹅是几年的?""三年以上。""自己家炖炖不烂吧?""得小火炖!"

罗心影又喝得够量,离开酒店已经九点多,打的去温泉,一路上她都抱着我的脖子。

在镇子里下了车,迎面看见一块灯光闪闪的大招牌:温泉浴池。

147

"去洗个温泉浴吧,疗养院的温泉不一定开放。"

我们走进大院,大院里一家人正在吃饭,大米饭、豆角、空心菜、红烧肉、咸鸭子。中年妇女去开了浴室,整个浴室里只有我们两人,当然我们俩也是分开的,男浴,女浴。水龙头打开,一股硫黄的味道扑面而来。

我在池子里泡了很长时间,怕罗心影洗好了在外面等,赶紧穿衣出来。罗心影却还没有影子,只有一些月季花在墙边的花池里摇摆。

两分钟后罗心影出来了,她上前挽住我的胳膊,我们走到镇街上。

"我吐了,"她告诉我,"以前喝得比这多得多,也没事的,可能是在水里泡的。吐了好多,我又放了好多水冲掉。"她的头靠在我的肩膀上。

路上她又吐了一次,她蹲在路边电线杆下边,吐了很久。

我蹲在她身后,轻轻拍着她的后背,很是心疼她。我们穿过黑洞洞的大楼,回到房间。她去卫生间洗脸、漱口,我搬了一只沙发顶在门后。

罗心影从卫生间出来后就钻进了被窝,脸埋在枕头里,把被子裹得很紧。"乖乖,喝点热水会好的。"我倒了杯热水给她喝下去。

我脱去衣服,打算上床。"宝宝,对不起,我想一个人睡。"罗心影突然苦恼地说。

我努力地定定神。"好的。"我说。

我坐着没动,过了一会儿,我说:"我可以看电视吗?声音开小一点,我现在可能睡不着。"

罗心影的声音细如游丝:"你看吧。"

我去开了电视,把声音调得很小、很小,然后轻轻退到另一张床上。

电视里是什么节目,我一点都不知道,我只是在看着它。"宝宝,真对不起!我怎么一点欲望都没有了?我是不是真生什么病了?"罗心影忧郁的声音又从枕头里细如游丝地传过来,我赶紧下床过去,轻轻拍着她:"好了,好了,小乖乖,别想这么多了。你累了,你太紧张了,工作太紧张了!好了,好了,睡吧,小乖乖,睡吧,睡吧。"

过了大约半个小时,我以为罗心影早就睡熟了,我回到自己的床上。我自己都有点困了,疗养院里太安静了,静得一点别的声音都没有了(除了电视)。这期间我还下过一次床,轻手轻脚地给她掖过一次被子,轻手轻脚地到阳台上去看看天,看看天凉不凉,风大不大(室外是有些凉了,而且乡村的风还真不小,带有稻田里的腐叶味道),轻手轻脚上过一次卫生间,轻手轻脚地去喝过一次水。但罗心影并没有睡着,她突然又模糊不清地说:"宝宝,能不能给我点时间?"

我赶紧再下床坐到她的身边:"乖乖,你说什么?我没怎么听清。"她说:"宝宝,对不起,能不能给我点时间?三个月,或者四个月吧。春节以后吧,四个月吧,四个月以后再给我打电话,看看我是不是改变了,看看我们各自是不是有了什么变化,那时候我的欲望肯定又旺盛了,能跟你演对手戏了,不会让你失望和不高兴了,那时候我还会是你的小猛女,是不是?"

她的声音有点发抖,我到她的被窝里搂住她。她转身向我,脸上全是泪水,头埋到我怀里,放声大哭起来。

我紧紧地、长久地搂着她。"对不起,宝宝,我是怎么搞的?我感觉太疲倦了,不知道为什么,真是太疲倦了!"我说:"我能理解。"她说:"宝宝,我爱你。"我说:"我也爱你。"

我搂着她、拍着她,很长很长时间,一直到她真正睡着。

我一动不敢动、一动不愿动地搂着她。她太累了,我太爱她了,我怕我一动,她就惊醒了。我搂着她,一直到下半夜,我也困了,到下半夜,我也睡着了,用这种姿势,我也睡着了,我搂着她。

到下半夜了。

一只真正的巢湖上常见的大鸟,在已显沁凉的夜空里飞翔。它从浩大的水面上飞过,升高,冲低,再升高,然后飞离大水的上空。

在寂静的夜色中,它恣意地飞越湖岸,飞越村庄,飞越稻田,飞越城市,飞越河渠,飞越岗丘,在一些树丛的上空盘旋。

"水太清了,太清了……"我惊醒了,听见了罗心影的呢喃。我赶忙拍拍她,亲亲她的小脸,在她的耳边说:"睡吧,睡吧,小乖乖。"她扭扭身,咂咂嘴,重新睡去。

我搂着她,我也闭上眼睛睡去。

大鸟飞走了,我们都睡着了。

第七卷　我和我所亲密的人

我在江淮大地老家这一辈子的故事,到这里差不多都讲完了,没有什么保留,也没有什么可遗憾的了,虽然不能说没有遗憾。

我已经六十多岁,是总结的时候了。

在我很早写的一本书《乡村里的秀梅》(又称《尘世》)里,我有过这么一段献词:献给一块土地——濉浍平原!献给所有的人、感情和青春!这不是说着玩玩的,这是认真的!可说不说真的又能怎么样?那笔极微薄的稿酬早已被我花向不知何方了。虽然我处于他们/她们/它们(这里指的是天空、季节、空气、微波炉、冷暖、霜冻、声响、色彩、小叶栀子、电脑、爬墙虎、壁虎、花盆下的蜘蛛、蜗牛、碟状天线、二十年前的一本书、鞭炮声、啤酒纸箱、储蓄盒、麻雀的羽毛、梧桐树叶、米兰、木槿、吊灯、橘黄色手机、毛巾、闹钟、电话、彩花摇椅、固体胶水、窗帘、泥泞的道路、水泥台阶、福利彩票、一瓶假花、眼镜、锈蚀的空调架等等,即我看到、听到、闻到、尝到、接触到、感觉到的一切)之中,但我牵挂着他们/她们/它们,日夜不停地牵挂着他们/她们/它们,以致时常饮食无味、夜不能寐。

以下是我的部分亲人们。

罗心影。

从温泉疗养院回来后,罗心影就出远门做节目去了,来来去去的,那段时间大约有四十天。

秋去冬来,时光如梭。如果做一个有心人的话,就会注意到事物有许多变化。比如邻居楼顶的太阳能热水器,最初有两个工人爬上楼面安装它,工人很闲散,穿着很不讲究的蓝色劳动布衣裤,偌大的楼顶上只有他们两人。他们把真空管插好,把铝塑管接好,之后就开始吸烟,就开始在楼顶乱逛,从楼顶的这一角,逛到楼顶的那一角。他们还从围栏探身往楼下看,然后说别人听不见的话,用手指指点点,让人疑为盗贼的谋划。

他们不知何时从楼顶消失的,后来很长一段时间内,顶楼都未见有人上过。除那个太阳能热水器外,楼顶一直空空如也,但那个太阳能热水器肯定已经开始工作了,有时在傍晚,有时在早晨,热水器的溢水管会"哗啦哗啦"地往外冒水,这是用户在上水。半个月过去了,一个月过去了,两个月过去了,四个月过去了,热水器的一个真空管似乎有点毛病,有什么金属片松弛下来,风一吹,就发出"哗哗哗哗"的声音。两个月后,铝塑管开始变色,由红变黄。三个月后,水桶上的商标电话之类都已淡化,不仔细瞅已经完全辨认不出来了。我感觉,像这个太阳能热水器一样,全世界的事物都在默默地变化着。

我和罗心影似乎真的坚持了我们之间的"温泉协议",从当年的十一月份,到第二年春季的三月中旬,再未见过面。那一段时间是我最心静如水的日子,我从未如此静心过,"静若处子",这四个字对那一段时间的我来说,是再恰当不过了。但我心里非常充实,我完全知道,这是因为我曾经有过,这是因为我曾经拥有了和罗心影共有的一段时光的缘故。

虽然四个月未再见面,但我们仍然通过电话,不过只有两三次。

第一次是罗心影在四川乐山,那已经是夜里十一点半了。

"宝宝,是我,我在四川乐山。"电话里的罗心影兴高采烈,模仿四川话说,然后再改回普通话,"没想到吧?想不想我给你打电话?想不想我?"

"当然想!小乖乖,听到你的声音真高兴!"

"当然想?当然想什么啦?是想我了,还是想我给你打电话?"

"都想。"

"我也想你了,乖宝宝,告诉你,我喝酒了,刚喝过酒,四川好酒真多。一喝酒我就想你,你好不好?"

"我一切都好,就是你不在身边。"

"你还有桑小媛哪!她能满足你的性欲。你们最近是不是在一起?你按时向她交公粮了吗?"

"老规矩吧!"

"我有点嫉妒,不过这是应该的。我现在忙死了,过一会儿又要上车走。"

"现在?夜里十二点?"

"这一段时间经常这样子,没办法,反正这一段行程快要结束了。宝宝,告诉你,我现在为自己总结了两句话,六个字,就是:性冷淡、工作狂。你看准确不准确?"罗心影在电话里"咯咯咯咯"快活地无所顾忌地笑起来。

我也笑了。"很准确,"我说,"像那么回事!"

"但我还是经常感觉累、疲倦、乏力,还经常有低烧,经常有。回去一定要好好休息休息了。"

我很为她担心。"注意身体,小乖乖,"我说,"我很为你担心。一个人在外边一定要照顾好自己,别让自己生病。"

她降低了声调:"谢谢你,宝宝,我会好好照顾自己的,再给我点时间好吗?过了春节吧!到明年春天,那时候我肯定全面恢复了,我们到一个远些的地方去,我好好让你……"

她说了几个模糊的但我明白的不良字眼,我们相互在电话里亲吻,然后把电话挂断。

第二次她在九江。

"宝宝,我在车上,他们都下车方便去了,我突然想给你打电话,很想。就是想听听你的声音。你还是老样子,你都好吗?"

"我都好。"我说,"你好吗,小乖乖?"

"我还是很累,回去休息了几天,昨天刚刚出来。但我现在开始想家了,不想在外面跑了,也开始想你了。很奇怪的,以前不是这样,以前不会想家的,不会想沔州的(但是会想你)。我还是有低烧,这次回去一定要好好到医院检查一次。他们回来了,再见,宝贝,亲你。"

我呆呆地坐在电话机旁,感受着电话里萦绕不去的余音。

我会呆呆地坐着,内心甘甜如饴,仔细地品尝她的每一句话、每一个字、每一个声调。我在车上,想不想我?我喝酒了,我嫉妒了,我现在忙死了,我想你,你不在身边,我们到一个远些的地方去,过了春节吧,我开始想家了……宝宝,乖宝宝,宝宝……

声音越来越远,越来越远。天气也越来越凉,越来越凉。

我过着最一般、再普通不过的普通人的生活。

我开始种花种草了。

土、肥、水、种之类,山土难得,炉渣易觅,偏碱亦偏盐,从根烂到顶,春风桃李花先开,一番风云几番雨,花开花落不间断,春来春去不相关,水月古铜,羽士飞燕,宴罢瑶池阿母家,嫩琼飞上紫云车,玉簪堕地无人拾,化作江南第一花,昨夜花神出蕊宫,绿云袅袅不禁风,妆成试照池边影,只恐搔头落水中,竹篱新结度浓香,香处盈盈雪色装,知是异方天竺种,能来诗社搅新肠。

我开始学习书法了。

这是中国人最喜欢隐居的地方,方块汉字,结体渐方,涤除旧典,大发吏卒,隶自古出,非始于秦,云梦睡虎,泾旁三点,泰山琅琊,芝罘会稽,东行郡县,丞相李斯,摹刻文宝,金石欧阳,三老讳字,仓颉庙碑,冯沈垂笔,瓦当西周,堂伯王导,父之王旷,轩辕古圣,端冕垂裳,三国残卷,葛府君碑,雕梁画栋,塑神绘佛,买王得羊,不失所望,萧远淡雅,意象雄强。

在电视里,我有时候能看到罗心影,都是录制好的节目,在长江上拍的片子逐一播放。她晒黑了,人也略瘦了一点,但精神还好。她还会在山城的无尽石级上跑来跑去,长长的美腿,穿着高帮的真皮运动鞋,紧身裤,花色的小翻袜,使我觉得她可爱无比。

时光真是很快,忽而日了,忽而又夜,忽而元旦,忽而春节,忽而火气冲破口唇,忽而又胃口大开暴饮暴食不止。其实春节是最费力、费事、费时、费神的一段时间,购物、应酬、来往,时间被捆得紧紧的,人也很累。

春节前打破协议,给她打了一次电话,但她家里没有人接,那时的春节期间,比现在冷了不知几倍。春节前,踏着雪去她家楼下徘徊了一时,又打了她一到两次传呼,她也没回,手机也不开机,不知她是在哪里,是在泗州呢?还是在外地?当然,她肯定在泗州的时间少,在外地的时间多。

于是,春节如往常一样,吃吃喝喝,东遛西串过去。

春节后的头一个星期乱糟糟的,没有一点上班的心情,大家每天到办公室转一圈就都跑得没影了。第二个星期人心也不稳定,不是迟到,就是早退。

　　第三个星期的星期二下午,天还很冷,还有些冻脚,我刚到办公室,还没坐稳,就接到了罗心影的电话,她的声音那么沙哑,使我大吃一惊,虽然她还尽量地表现出轻松和兴高采烈。

　　"给你家打电话,你不在家,我在医院,宝宝。"

　　"你是谁?"我真的不敢相信,"你是罗心影吗?"你是那个长着两双长腿、声音甘甜、在床上使劲要我的罗心影吗?"小乖乖,你怎么啦?"

　　"我生病了,真的生病了。"她一下子哽咽起来,她用力堆积起来的堤坝一下子就垮了,"我想你了,宝宝,我要你现在就来!"

　　事物有时候就是通过突变的形式呈现在人们面前的,在你不知不觉的时候,突然之间。

　　我完全是冲出办公室的,我跑步到就近的一个大超市,不管三七二十一,从货架上扒拉了两大包东西。我提着两大包东西,又到附近花店买了一束鲜花,上了出租车。

　　我的嘴干得说不出话来,手掌出冷汗,心慌得难受(我想,我脸上的颜色肯定都变了)。我歪倒在出租车上,腿脚发软。没用的东西!我在心里骂自己,虽然我知道自己不是那种没有主见的人,但这种生理现象我却无法控制。她会怎么样?严重吗?我胡思乱想着。

　　下车,进院,上楼,敲门,楼里有暖气,小保姆来开的门,她对我笑笑,我对她点点头:"你好!"我把东西交给她。

看见病床上的罗心影了。有两张病床,另一张病床病人不在,但衣物都在。罗心影半倚在床上,她化了妆,但能看出来,她很黑瘦。她的头上扎着我送给她的那块大丝巾,碧绿大荷叶的大丝巾,这使她显得活泛、鲜亮、旺盛了不少。

罗心影轻轻向我点头,屋里还有人,除小保姆以外,还有两个女人,一个年岁大些,另一个年岁小些;两个男人,一个年岁较大,另一个跟我差不多。"我同事。"罗心影介绍的是我,"这是我父亲,这是我母亲,这是我爱人傅志怀,这是我小妹。"

我向女士点头,同男人握手。"你们说会儿话。"傅志怀说,他看上去是那种很能干的人,个子不太高,略有点胖,但显得很精神。他们很快都出去了,也许不单是为我,而是为所有来看望罗心影的人。

把花递给罗心影,找了个白色的小方凳,在罗心影的床边坐下。

"你坐近点,宝宝。"罗心影好像一点都不顾忌什么。

我把方凳拉得离她更近些,现在,我能仔细看清罗心影了。她显得很憔悴,眼眶下陷,瘦得鼻形都出来了;她面色发暗,嘴唇干干的,口红并不能完全遮盖她的干枯。罗心影的右手伸过来,伸到床边。我握住她的手,她的手已经完全失去了往日的丰润,变得又干又瘦。

"怎么啦?才这么几天时间……"我一点都没表达清楚,其实我是想说,怎么会出现这样的情况？这才几天的时间,我们分手才几天的时间？但我觉得我一点都没表达清楚。

"我生病了。"她沙哑地说。

我们互相看着,一直看着。

她摇摇头。"我不该让你来看我现在这个样子的,你不怪我吧？"她的声音比电话里要沙哑得多,也很费劲,"我的头发都掉光了,但不想给你看到。"她还是那么直爽,她有些勉强地对我笑笑,使劲抬起另一只手,摸摸头上的丝巾,手指挺挺的,还能看出那种风韵的姿势。

"我爱你。"

"我也爱你。"她干哑地说。

"明天还会来看你的。"

"明天不行,明天肯定不行。"她摇摇头。

"我后天来。"

"明后天都不行,我不在病房的。"

"我爱你。"

"我也爱你。"她费劲地说。

眼睛看看房门,在她脸上轻轻亲一下,用另一只手加上去抚摸她的手。

"对不起,宝宝,四个月了,我的承诺现在没法实现了,但我爱你,非常非常爱你。"

"我也爱你,非常爱你。"我看着她,她的眼睛、嘴唇、鼻子、眉毛、脖子,"我过几天再来看你。"

"我爱你,宝宝。"她看着我,喑哑地说,眼泪从她发暗的眼眶里流下来。

"要不要我做什么?"

她摇摇头:"宝宝,我爱你。"

"我也爱你,非常爱你。"

她示意我身体往前,她轻轻亲亲我的脸,嘴唇很干。她放开我,看着我的脸,看着我,右手在我手里使劲攥着我:"我爱你,宝宝。"

"我也爱你,非常爱你。"

房门似乎开了一条缝,有人要进来,但门又关上了。我半站起来,罗心影的目光随着我的脸向上移动,眼泪不断地流下来,她轻轻哭了起来。"我爱你,宝宝,我爱你。"她干哑地说。

"我也爱你,好好养病,过几天我再来看你。"

她一直看着我,不愿放开我的手:"我爱你,宝宝,我爱你!"

"我也爱你,非常爱你!"

第三天下午刚过两点,我就带着许多东西到了医院。

"出院了。"楼层护士告诉我,但这使我不能理解,我也听不懂。"是的,出院回家了。"

我变得结结巴巴:"出院?……是……怎么能出院?……"

"病人要求出院的。"

我下楼到大院里,给罗心影家打电话,根本没人接,打传呼吗？似乎不合适,试试罗心影的手机,振铃声？傅志怀的声音？

"请问哪一位？"

"我是罗心影的同事,我现在在医院,听说她出院了……"

"我们现在在池州,罗心影要回来的!"

"她要回去的？"

"她今天走了。"

"今天走了？"

"今天走了。"

"我很难过。"

"谢谢你,谢谢。"

就这么简单？简直不敢相信!我们之间的结束就这么简单？

罗心影就这么简单地走了,我永远不能再见到她了!她就这么简单地走了,我永远不能再见到她了!

树都已经发芽,香墩公园的周围都已经青青的了。我坐在水边的干地上,但是罗心影走了。

那天以后,我做了许多事。

吃饭啦、睡觉啦、买菜啦、来人招待啦、上班啦、看电影啦、同学聚会啦、取工资啦、装空调啦、为不争气的中国足球加油啦、唱卡拉OK啦、给花换盆啦、回潍州啦、喝水啦、看书啦、旁听一起诉讼啦、参加晚报的读者日啦、看某歌星的演唱会啦、交电费啦、寄信啦……这是我的日常生活,这些事似乎都与罗心影无关。

当然,我还做了下面这几件事。

当年夏天,我戴着在温泉疗养院戴过的墨镜,来到罗心影住处大院的对面,坐在路边树下的破藤椅上,要了一瓶冰汽水。我有意坐得离摊主远一些,我装成慢腾腾喝汽水的样子,看着对面大院的门口。我的心里,正在对着并不存在的罗心影说话,我说:小时候冒着暴雨到暴涨的河里游泳,人就会变成一条鱼。我又说:你是一条鱼,在水里游(我想起了在香墩公园和罗心影、威廉在游船上)。我还说:你梦里的火球爆炸了(人的梦真是奇怪)。我最后说:我们的夏天又到了,我们又要在一起了……

我的泪珠一颗一颗地滚落下来。

后来,我再没有这样做过。

在很长一段时间里,我保留着录有罗心影主持的节目的录像带。那些画面我已经反复看过无数遍,画面的每一个细节我都已经能够背下来了:罗心影在秋季的果园里,果实累累的果树,果园里黄澄澄的土地,手拿高枝剪的果农,罗心影从镜头外进入。罗心影在风景区,罗心影在大雾中奋力攀登,光滑裸露的岩石,"日出并非谁都能轻易看到"。罗心影在"莘莘学子的追求"研讨会上。罗心影在演播室,整个背景都是黄灿灿的向日葵,向日葵铺向天边,天边云量很少,"没有平坦的路可走,只有奋斗,才会成功"。

我专门去了一次温泉疗养院,那是在夏天刚刚开始不久。

我先坐车到温泉疗养院,下车后在小镇上转了一圈,又到我和罗心影洗过温泉浴的那家温泉浴室走了一趟,然后再到冶金疗养院。我吃惊地发现,小镇和疗养院的萧条,一如从前(虽然疗养院里的客人比那时稍多些)。我上了楼,想到我们住过的房间去看看,哪怕只是从外面看一看。我到了我们住过的那间屋子的门外,楼层里静悄悄的,我贴着门上的玻璃往里看。正在这时,一位服务员过来了:"先生,你是不是来住宿的?小张马上就到,你先等一会儿,我们这里是最优惠的,九十块钱就能包一间房。""我来……我找一个人,他说他住在这里。"我说。"先生,这层楼没住人,是不是……""那就算了。"于是,我就离开了疗养院。

我还专门去过池州一次,但是没过江就半途而废了。我上午从长途汽车站乘车到江北枞阳,然后再从枞阳乘车到桂家坝渡口(从那里过江马上就到池州了)。那时已经是晚秋了,天晴晴的,汽车在江堤上曲延行驶,我的前后左右坐着几位穿制服的工商部门的男人和女人,他们在议论着马上就要查处的一件事。我坐在车里,看着南窗外的长江,看着北窗外江堤下连绵不绝的房屋、树木、学校、活动着的人群和道路。我忽然有些感伤起来,我无法在桂家坝渡口下车。我坐在车上,车窗外的阳光暖暖地照着我,但我无法在桂家坝下车。我看着那些工商执法人员下了车,往渡口小镇走去,但我无法下车。我补了车票,继续乘车到了老洲,我在老洲逗留了很长时间。我想,还是应该乘渡轮过江,我又上了车,再往桂家坝走。但是车接近桂家坝时,我的情绪再一次波动起来。我心里很难受,像生了大病一样难受,我无法上渡轮过江去江南。我好不容易说服自己下了车,但我无法上渡轮过江。我很快就上了一辆去江北汤沟的三轮车。车到汤沟,我在汤沟镇的街道上转了许久,几乎把汤沟的大街小巷都转遍了。从汤沟到桂家坝并不远,我还随时可以再回桂家坝,上渡轮过江到江南,但我无法回去。我在汤沟镇转了很久,最后,我终于决定返回溆州了。我从汤沟乘车到横埠,水泥构筑的一级公路从横埠横穿而过,我从那里上车,天黑以后回到了溆州。

当然,我很快就完全恢复了正常的生活,至少从表面看是这样。

这个世界还在不顾一切地、轰轰烈烈地前进,在风风雨雨之中,罗心影的痕迹很快也就消失得几乎不剩什么了。除了在一些下雨或下雪的日子里(而下雪的日子已经极少),她还会出现在少数几个人的离愁思绪里之外,基本上可以这么说,罗心影的生活印迹,已经被杂芜喧闹的生活抹平了,她已经完全从这个有形的、有害的世界上淡去了。

但是,罗心影已经永远地活在我的心里了。

我父亲。

像我岳父、岳母一样(我母亲也是这样,他们那一辈人似乎都差不多),我父亲是个性格开朗的人,在我从小到老所有的印象里,他都留着短短的小平头,精精神神的。他个子不高,但身体结实,肌肉发达,声音洪亮,说话时,嗓门比我岳父的还大,但并不令人反感。

"小子,门后铁锹拿来!跑步——走!"

"小子,啤酒啤酒,啤酒没买?好,好,上街去买,一刻钟回来!"

他说话总打着手势,军事化的。

"又传达什么文件了?"

国企改革,陈水扁上台,台湾在野党倒扁,世界杯,中国加入WTO,购买苏—27,购买苏—30,沙漠风暴,IT,日本侵占钓鱼岛,中国无人驾驶宇宙飞船上天,沪指冲破2000点整数关,国家导弹防御系统……

"陈水扁想搞事。"父亲不止一次略带忧虑地这么说,那完全是一种这件事有些棘手的表情,他反复警告道,"这个人想搞事,这个人鬼得很!"他还说,"靠人家的武器来保卫自己,那怎么行!""你们那时候,不就靠缴获敌人的装备打败敌人的吗?""不一样,那时候没有中华人民共和国!"他斩钉截铁地说。对于日本人,他立刻会暴怒:"狗日的小日本,绝不能让他们得逞!要给他们一次最深刻的教训,让他们永远点头哈腰!""不是那么简单,现在国际关系复杂得很。""但敌我、爱憎一定要分明!"

他属于那种永远关心国家大事的人,骨子里忧国忧民,但又什么事都放得开,也就是看得开。他很识相,永远知道自己是谁,叫什么,坐在什么地方,是干什么的,知道没有什么人是不可或缺的,地球离了谁都转,所以他注重眼前的生活、自己的生活,注重自己的位置。

从潍州到泗州,他从岗位上退下来之后,很快就找到了适合自己的、属于自己的生活,并且很快又找到了自己的伙伴:三〇三所退下来的郝老,省人大退下来的张老,省政协退下来的赵老。如果不出门(钓鱼、去苗圃),他早晨会和母亲一起去雨花公园跳舞,早饭后种花养草、读书读报,午饭喝两口小酒,午饭后小睡一觉,下午下棋、打牌,或者与人闲呱。

"打牌也要讲究原则性,那就是,既要能输得起,也要能赢得起。输,不能生气;赢,不能得意忘形。"

父亲娱乐极有节制,从不贪恋,不管是打牌,还是下棋,还是钓鱼,还是唱歌跳舞,还是读书读报。打牌绝不超过三小时,下棋绝不下晚,钓鱼只选风和日丽的日子,跳舞一定会在日出前结束——我把所有这些活动都列为"娱乐",因为我觉得所有这些活动对离休后的父亲来说,都不是必做的,都不是为生计所迫,都是出于延年益寿的需要。

"闹市区应该增加公益性质的灯箱广告。我做了不完全统计,四公里的长江路上,公益广告只占全部灯箱广告的3%;三公里的淮河路,公益广告只占全部灯箱广告的1%。市政工作的精神文明建设,应该从两路的示范效应抓起。"《泗州晚报》某日群众来信版的一角,刊登了父亲的"市民来信",这成为我们家好几个晚上的热门话题。

"爷爷,晚报寄来多少稿费?"刘潍州这小子总是欠揍。

"这不在于稿费多少,重在参与!"母亲说。

"这是精神生活,比什么都重要,你小子懂什么!"我故作严厉地说,刘潍州只好灰溜溜地走开。

父亲竟然还参加了《泗州晚报》的征文比赛。有一段时间,他多做沉思状,书桌上凌乱地摆着剪报、胶水、纸、笔和刘潍州用的涂改液。"你爸爸改行当文人,要投稿参加征文了。"母亲私下里对我说。"鼓励为主,鼓励为主。"我跟母亲达成了共识。

吃饭时,父亲会装成不经意的样子问我:"怎么样啊?现在报社里的风气都怎么样啊?""挺好,挺好的。"我认真地说。父亲对我的回答很不满意,他的表情我一眼就看出来了。我马上又说:"你是老作者了,还能连这都不知道?上次你不就是自由来稿,不很快就发表了?"父亲有所保留地、怀疑地看着我,但他还是不得不点了点头。

献给教师节

笔记本上滴满了你的汗珠,

黑板前永远有你的身影,

粉笔描绘出了祖国未来的图景,

你却满头银发告别了年轻。

从五尺天地飞出,
　　雏鹰飞翔在祖国的广阔天空,
　　你望着满园鲜花笑了,
　　桃李满园印证了你的人生!

"自由诗,自由诗,韵押得不错,中东辙,韵押得不错,很不错。"我反复拜读后,认真地说。

"五尺,这只是一个虚数,极言课堂之小,以此衬托世界之大,很有表现力,很有表现力!"我故作深刻状地评论着。

我想起曾在父亲的书桌上,看到父亲用铅笔工工整整抄下来的一段"毛主席语录":"为什么语言要学,并且要用很大的气力去学呢?因为语言这东西,不是随便可以学好的,非下苦功不可。"

于是,我进一步发挥。

"还有,这个中东辙,很有名,很有名。举个例子,广为传唱的西部民歌《东方红》,就是中东辙,东方红,'太阳升,中国出了个毛泽东,他为人民谋幸福,呼儿咳呀,他是人民大救星'。红、升、东、星,押韵,押中东韵,很有名,很有名。"

我借题发挥,专找对父亲口味的话说,专拣好听的说。三方有效,父亲高兴,母亲满意,儿子崇拜,我心里很是得意。

父亲的征文得了个优秀奖,我很清楚,这是所有的参与者都能得到的鼓励奖,对以新闻为主的报纸来说,这已经形成惯例,但我们全家仍然高兴万分。桑小媛从潍州过来时,我正好借这个由头,晚上请全家到饭馆里吃了一顿。"爸爸,祝贺你荣获文学大奖!""这算啥,这算啥。"桑小媛的敬酒,使父亲高兴得嘴都合不拢。

毫不夸张地说,那一阵子,是父亲离休后最风光、最开心、最精神,也是最勤奋的时日。活到老,学到老,输得起,赢得起,父亲的人生观,的确让我学到了很多很多东西。

父亲真是无疾而终的(这当然不是说他没有任何老年病、慢性病,像其他所有的老年人一样,他也有动脉硬化啦等等疾病,我是说他没住院,没痛苦,没有生病的先兆),而且他还似乎很有预感。

母亲说,那天晚上父亲上床前一反常例,变得有点啰唆。洗脚时他对母亲说:"州州这孩子人很聪明,但是不钻,不能放手不管,得叫小康抓他。"他又说:"小康他们两口子老这样分居也不是办法。"母亲说:"不是办法,不是办法,你去做做他们的思想工作,看哪一个听你的。"父亲说:"这件事情你要记在心上,搞不好他俩就要出问题。"睡觉前,父亲又对母亲说:"你的烟要少抽啦!以后要是没人管你,你看你不自觉怎么行。"然后,父亲又跟在母亲的前前后后,说了些别的事。母亲说他:"你今晚啰唆得很,赶快睡去吧。明早几点起来?不是跟人家说好去钓鱼的?""明早五点。"

早晨母亲醒来,看看时间,快五点半了,于是就喊父亲起床。

170

喊了几声,父亲都没回答,母亲下床去喊,看见父亲蜷在被子里,眼半张着,心里预感不好了,再去喊他、推他,才知道父亲真的去世了。

父亲比母亲小一岁,父亲去世那年,是八十岁整。

我母亲。

母亲今年九十一岁了。

父亲去世后,母亲的烟抽得更凶了!

和岳母有所不同,岳母抽烟是边说边抽、边笑边抽,来人则抽,自己待在哪里的时候少抽,而我母亲后来则是闷抽。

父亲去世的最初一段时间,母亲的情绪极其低落,她不再参加以往参加的各种户外活动,也不再主动跟别人来往,更不再跟别人谈天论地、谈古论今、说说笑笑了。她陷入了一种很不健康的生活氛围之中,她每天的大部分时间,都是在自己的卧室里度过的。卧室的门、窗都紧闭着,母亲总是躺在床上,床边放着一个很大的玻璃烟灰缸,烟灰缸旁放着成盒的香烟以及打火机,而床头柜里则放着成条成条的香烟。

除了吃饭、上卫生间,母亲很少离开卧室。即使离开了卧室,她也极少出门,小院她都很少去,就别说出了小院去大院了,更别说出了大院上街了。在卧室里她总是开着电视,早饭后八点左右就开,午饭后午觉醒来再开,晚饭后在客厅里抽一支烟回到卧室又开,一直看到夜深人静十二点以后,才关掉休息。一天要开十四五个小时。

"不想睡觉,睡不着,一睡就做梦。"

母亲对阿姨这样说。

"不想去,哪都不想去,不想上潍州去。"

岳母来看她时,她这样对岳母说。

她的房间里总是烟雾缭绕、云遮雾罩。那一段时间,我回家后的第一件事,总是立刻去把母亲卧室的门打开,把紧闭的窗户打开,让浓重的烟雾散发出去,一直到室内的空气重新变得清新。

"妈,你这样不行的。"我严肃地对她说,"就算你不为自己考虑,你也得为我们想想,你要是生病了,我们还得照顾你哪。桑小媛不在泗州,州州上学又是关键时刻,我能忙得过来吗?"

当然,我不是那个意思,我绝不是怕母亲成了我们的累赘,绝不是对母亲有什么嫌弃(她的工资比我的高多了,其实我们一直都在依赖父母)。母亲也知道我不是那个意思,这只是一种迂回的说法,是不想使这些谈话显得过于严肃,但她还是作出了回答。

"我不要你们照顾,有阿姨就行了。"母亲轻描淡写地说。

她的回答简直叫我哭笑不得。

桑小媛来泗州时也会丢开官腔,坐在母亲床头,极力地劝说母亲:"妈,你上外头走走,要么回潍州住几天,看看老同事,跟俺妈在一起说说话,你这样叫我在潍州也不放心哪!"

"你们不要管我,我身体好好的,我不要紧。"

但是,最后,母亲还是叹了口气:"唉,人老了,念家了,不能在外头过了。等小康退休了,俺们还得回潍州。"

母亲的思想这时已经开始有了变化。

春天的一场大病,彻底改变了母亲的生活。

刚开始,母亲只是觉得嗓子不太好,干干的,有点咳嗽,有时有点痰。后来有一天,吐痰的时候,发现痰里有血丝,母亲也不当作一回事,对谁都没说。过了两天,母亲开始发烧,浑身烫人。夜里母亲起来拿药吃,倒开水喝,腿一软,倒在了客厅的地上。老阿姨睡觉还是机灵,听见客厅有响动,赶紧起来看,打电话给我,又喊了院里的小车,送到医院。

母亲的肺炎很严重,在医院里住了一个多月,中间还下过一次病危通知书。初夏母亲出院,在床上休养了两三个月,烟也戒了,身体虚弱得很,到了秋天,才慢慢好起来,慢慢能到小院里走动了,慢慢能做些轻微的活动了,慢慢能吃得多些,慢慢睡觉也香了,慢慢有些精神了,慢慢又喜欢说些话了。那一段时间我焦虑万分,人也瘦下去六七斤,桑小媛也是三天两头往泚州跑。"这样恐怕不行,"我们俩商议,"两边两家老人,分居两地总不是办法。"看见母亲慢慢康复了,我们的心情也才慢慢放松下来。

大病一场,母亲的烟是彻底地戒了,母亲也像脱胎换骨了一样,性情都变了,变得有些绵软了。有一天晚上,母亲、我、阿姨,三人正看电视,母亲说,她想上皖南九华山看看。

"信佛了?"

"不是信佛,人上了年岁,都是佛身子。我前些日子看电视,看人家打坐锻炼身体的,觉得适合我。又买了几本坐禅的书翻翻,也不错。到这个岁数,人就得静心,别的事就不去计较什么结果了。"

"那到春天暖和了,我陪你去。"

"叫小媛陪我去吧,你粗心。"

春暖花开的时候,桑小媛从潍州带了辆车来,陪母亲去了一趟九华山。从九华山回来,母亲一边进行一些食疗,一边看一些有关的书籍,一边修身养性,开始练习打坐。早上一次,晚上睡觉前一次,在床上坐坐,清理清理体内的循环、脏腑、机理。母亲说得好,这也不为得到什么,也不为练成什么,就为锻炼身体,静心养气,延年益寿。

按照别人的经验,母亲也开始写日记。她买那种很厚很大的日记本,用日记简略地记载生活的过程和打坐的一些事情。母亲的日记就放在自己的书桌上,因为家里没有别人,也没有小孩子,所以她的日记并不保密,我和桑小媛都能看看,如果我们愿意看的话。

以下是摘录的几则日记,文字上我做了少许的通顺工作。

××年 10 月 28 日

晨五点半起床,打坐。

六点半结束,身上热乎乎的。

窗外风声、雨声,枯黄的树叶落了一地。去年这个时候,我还在病中,身体虚弱得很,精神也很不好。康儿出差去银川了,大约三天以后回来。上午十点多,电话铃响,原来是几十年前的一位老战友鲁银花,她现在住在山东济南,也早就退下来了。那时候在鲁南、皖北、苏北一带,被敌人撵得没处去,冬天躲在苇湖里几天几夜,她的腰还落下老毛病,一到天阴下雨,人就不能过了。她小孩子也都大了,也有个出国了。

午睡后和阿姨收拾收拾小院。

晚上十点钟,上床,打坐。

××年10月29日

晨五点二十起床,打坐。

六点半结束。

小媛上午来了,带点东西给我,有参啦、枸杞啦,还有一件小马夹,说是新材料的。小媛知道疼人,也会疼人,小康找到她,是找对了,也是小康的福气。小媛就是忙些,顾不了家,她也是匆匆来了,又匆匆走了,下午还得赶回潍州接待人。现在的人,还是忙一点好,家里又没有什么负担,孩子也都出去了,努力把自己的工作做好才对。

从报纸上看,现在的贪官太多,一个省的海关,从上到下,百分之三十的海关关长都烂掉了,不是贪就是嫖,不是嫖就是赌,不是赌就是黑,这样下去怎么能行!

晚上小康打电话来,他还在银川,过两天就回来了。

十点,上床,打坐。

××年10月30日

晨五点半,起床,打坐。

六点半结束。

夜里一个梦都没做,一觉睡到天亮,起来后心里干干净净的,书上说,这是一种大境界,不过我说不出个所以然来。

和阿姨说搬回潍州的事,阿姨也说好。现在孩子们都忙,也都不小了,长期分居,两头跑,不是个办法。我也想回去,那里熟人多,老同事、老战友多,生活也习惯。等小康回来,再跟他商量商量。

晚饭后看了一会儿电视,说抗美援朝的。

晚十点,上床,打坐。

××年10月31日

晨五点四十起床,打坐。

睡觉很香,不知不觉天就亮了。

今天是10月的最后一天。天晴晴的,和阿姨一起把被子、褥子都拿出去晒，又把小院打扫了一遍，落叶都扫干净，还和阿姨一起，挖挖土、平平地，种了一小片菊花心白菜。这种菜冬天下雪都长得好，自己种的，不打农药，不下化肥，能吃到新鲜的。

上午忙饿了，中午吃了不少，觉得胃口好，吃过饭不敢睡觉，到一点半钟，才上床午睡。

小康明天回来。

晚十点，上床，打坐。

××年11月1日

晨五点四十起床，打坐。

六点半结束。

天有点变了，转西北风了，恐怕是寒流要来了。院里来卖红枣的，是山东的一种干红枣，对门老崔家的亲戚来卖的。前年来过一次，买了几斤，吃了几个月，味道还不错。红枣这种东西，营养丰富，降压去脂，还能改善人体的微循环。阿姨把他喊来，买了十来斤。

小康下午回来了，带来不少宁夏的枸杞。

晚十点二十，上床，打坐。

一年以后，我们全家又迁回了濰州，其实迁回的只是我和母亲，当然还有我们家的老阿姨。刘濰州已经离开了家，我调到了濉州市社会科学界联合会,任社科联办公室主任。

从那时候开始,母亲的生活完全安定下来了,她融入了她年轻时就熟知的天地和生活之中,她的少数几种无关紧要的慢性病也不再发展,她每天过着津津有味的日子,脸色红润有光泽,整天笑呵呵的。

我觉得我的生活也彻底稳定下来了,我的心情也彻底稳定下来了。我这一辈子该做、能做(有能力做)的大事(事业),我觉得也差不多都做完了,该体验的生活也差不多都体验过了,酸甜苦辣也都品尝过了,我该认认真真地体验体验家庭中的亲情了,我该认认真真地沉淀、体验我对濉浍平原、对江淮大地的亲情了,这对我来说,也是非常重要的。

应该说,我这一辈子过得,值!

我岳父。

我岳父是在黄山旅游时发病的,脑出血之类,从始信峰附近被抬到北海,再从缆车上下来,我岳父早就不行了。

旅游是老干部处组织的,还跟了个随队医生,行前人人都进行了体检,个人报名,医生批准,所以组织者没有多少责任。如果说有责任的话,那就是抢救过程,为什么不就地抢救?为什么不尽早发现?这些问题似乎有点尖刻,所以我岳母和桑小媛根本就没提。老干部处做了几次检查,所长也做了多次检查,但人已经走了,再说三道四的,又还能怎么样呢?"桑老身体一直很不错,真没想到!"来我岳母家的人都这么说。

岳父去世的三年前,老干部处新来一位鲍处长,是副处长,喜欢舞文弄墨,脑筋也好使,办事能力强,似乎还懂些经济,于是他很快兼任了干休所所长。他一到任,就盯上了我岳父,三天两头往岳父家跑。他嘴很甜,小薄嘴,但看起来又不太像那种奸狡油滑的人,不太引人反感,为人处世也还很得体,使人比较容易相信他。

"桑老、杨老(我岳母姓杨),我姓鲍,你们喊我小鲍就行了,以后有事尽管喊我。"

"桑老、杨老,明天市医院来体检,管理员通知了没?早上不能吃饭,也不能喝水。"

"桑老、杨老,你们都是革命的宝贵财富,可要保护好了。"

我岳母跟了一句:"什么宝贵财富,都是累赘,怎么保护?"

"杨老,那可不能这么说。前天市委开会,还提到这个问题。贾书记说,老干部是革命的宝贵财富,走一个少一个,要抓紧抢救。"

在早春一个晴朗的日子,鲍所长带着一个三十岁左右的本地作者,来到我岳父家,和我岳父谈起了写革命回忆录的问题。"桑老,这位是楚作家,出过五本书的,在全省都有很大的知名度,他对你也很崇拜。"又说,"桑老,你一定得先开个头。在大院里,你资格最老,潍州市的上上下下你又都熟,你开了头,后面我们的工作就好做了。"

"商量商量再说,商量商量再说。"我岳父推托道。

和我岳母一商量,岳母竟然持支持的态度:"老桑,这件事我还不想反对,这件事你能去做。你看,你又没有什么爱好,天天闷在家里,我也不放心。权当出去散散心了。"岳母说。

"出去走走也好。"桑小媛也表了态。

从那天以后,岳父就开始了他的新生活。

"桑老,车来了,上车吧。茶杯我来拿,茶杯我来拿。"干休所的一部半新的桑塔纳,几乎成了鲍所长和我岳父的专车。当然,楚作家每次也都夹着个仿皮的小包,颠儿颠儿地跟着。

上午到泗州去,半路上在虞姬古镇停下,镇党委书记接到鲍所长电话,早在镇委办公室等着了。"老书记,老书记。"镇党委书记忙前忙后地喊着。岳父在泗州当县委书记的时候,镇党委书记刚从下面乡里调到县委办公室当机要秘书,他跟着岳父干了好几年,是岳父一手提拔起来的。

中午就在镇上吃饭,镇里的一家农经贸公司请客。岳父只管吃吃喝喝。按岳母指示,岳父每餐只喝一小杯酒,这一指标由鲍所长餐前交代,餐时宣布,所以谁也不勉强他多喝一口,但别人该怎么喝还怎么喝,该怎么敬还怎么敬。"桑老,您沾沾嘴就行,沾沾嘴就行。"

买书的问题,鲍所长与镇党委书记也已谈过:"桑老,您不用操心,没问题,没问题。"

餐后开车去大马营子、赵寨走一圈,岳父以前在那里都打过仗的。村里村外走走,跟农民拉几句家常,看看地里的庄稼,叫楚作家记点素材,照几张照片。下午四五点,握别镇党委书记一行,后备厢里装着几箱小磨香油、几大包新科技腐竹,桑塔纳掉头直奔泗州而去。

晚上在泗州宾馆吃饭,泗州县委书记不在家,但县长在家。"老部长,上座,上座。"县长也是岳父的老部下,岳父当濉州市委宣传部长的时候,县长是宣传部的新闻科副科长,"革命传统需要人力发扬,宣传很重要,很重要,现在的年轻人哪知道幸福生活怎么来的?不进行革命传统教育那怎么行!"

泗州县八方公司请客,餐后连夜开车回濉州。这也是岳母的指示,反正全市方圆也不过三四千平方公里,路都好,从任何方向开车回濉州,都最多不超过三个小时。

"老部长,常来走走,常来走走,您放心,您放心,鲍所长都有交代,都有交代。应该的,应该的,您放心,您放心!"

"桑老,八方公司给带了点补品,回家叫桑局长炖给你喝。"

"小媛啊?她不会做饭。"

三个星期后,他们还会开车去砀州看梨花。季节已经到仲春,车在濉浍平原上穿行,如在画里,艳阳高照,田野青青,梨花如雪,整个黄河故道都成了一片花的海洋,车在花海里走,人也舒心极了。

"老主任,快请,快请。"

车到梨花公司,被梨花公司的总经理接到办公室里。岳父当潍州市人大常委会副主任时,给梨花公司办过几件实事,总经理早就叨叨着要请岳父到果园里玩玩,散散心了。先到陈列室看了酥梨王、酥梨后、连体梨王,又把上年的上等酥梨拿出来请岳父等人品尝,午饭后睡一小觉,下午起床即开车去转梨园,转了一下午。转得兴起,岳父叫鲍所长给岳母打电话,说这里空气好、环境好,要在果园里住一晚,岳母也同意了。

"人住在这里长寿,长寿。"岳父不住口地说。

第二天早饭后离开,岳父还是要转转,又开车在果园里转,转到近十点,才回潍州。

两年多时间,楚作家的书陆陆续续出来了,还出了三本,一本是老干部们的回忆录汇编,不费事的,只要记录记录老干部们的口述,或者修改修改老干部们的初稿就行了。一本是我岳父的回忆录,由我岳父口述,楚作家笔录,算是他们俩的合作。还有一本,是关于我岳父的纪实小说,由楚作家在我岳父回忆录的基础上虚构而成。看起来,楚作家的文笔还好,文字也都很通顺,虽然结构助词的用法他经常搞不清楚,但其实已经很不容易了,几十万字,光抄也够抄一年的,何况还得加工润色。

鲍所长所做的,是一举多得的好事。三本书里,第一本合集因为有所有作者的努力,因此订了一万余本,也正因为是所有的作者都在努力,因此才只订了一万余本,每位作者都拿到了稿费,多的都有近千元,这是破天荒的事情,干休所的班子那一段时间真有点好评如潮了。

第二和第三本书都是有关岳父的,鲍所长和楚作家下的功夫最大,特别是书外的功夫。两本书共印了三万六千余册,这对于每本定价二十多元的书来说,收入是相当可观的。岳父拿到了近两万元的稿费,扣除所有的开支和费用,干休所大概还有四十多万元的收入。所里用那笔钱维修了大院里所有的花坛,增添了花木,粉刷了所有住宅的外墙,又做了些别的,皆大欢喜。

当然,以上所说的订数,都是单位、企业的订数,没有零售。单位、企业拿到书后,一般会发给所有员工,再有剩余,要么在办公室堆着,要么做别的用处,这里不去探究。

也许,正是那两年山水之间,四方散行,精神愉快,面色红润,给岳母、岳父造成了某种错觉,使他们忽略了老年人身体的脆弱,进而导致了岳父在黄山的发病不治。不过,这种看法纯属推测,我们从未在岳母面前说过。我和桑小媛看电视时(桑小媛难得看一回电视剧)倒是说起过一次。那一次,因为看到电视剧里一个老年人生病的故事,才引起了我们的这一小段议论,但议论很快也就结束了,我们又看起了电视。

我岳母。

我岳母八十八岁了。

可以这么说,岳母把自己的生活调整得恰到好处,对任何人来说,这都是相当不容易的。

是的,她是抽烟,而且没准备戒,但她也能控制。她抽得不多,尽量少抽,或一次只抽半支,然后掐灭了,剩下的半支,放在烟灰缸旁,留着下一次再抽,总量就控制住了。

岳母还有个我们都知道的几不抽,这是她从长期的抽烟实践中以及有关的书报文章中总结出来的:第一,晚上她从来不抽,特别是睡觉以前。"睡觉前抽烟危害最大,尼古丁一夜都在害你。"岳母说。第二,早晨起来不抽。"早晨起来身体最需要补充,你补充点烟进去不就害了它了?"第三,喝酒时不抽。"喝酒时身体的吸收功能最好,抽支烟,有害物质利用得最充分。"第四,走路不抽烟。"路上空气污染最厉害,那哪叫抽烟,那叫喝灰。"

"要抽就抽点好烟,孬烟不要再抽了。"这是桑小嫒的话。

从岳父被鲍所长拉着到处跑的时候起,岳母就不再抽孬烟和杂牌烟了,大部分时候,她只抽中华烟,有时候也抽几支当地的皖烟。

"皖烟不比中华差,不比中华差。"

岳父到哪里,都有人送烟,后来也经常有人给桑小嫒送烟了。对岳母来说,这些烟已经足够她消费了(我母亲的烟后来也都是桑小嫒提供的)。

岳母也能喝几口酒,酒量有多大我们都不知道,因为在我们所有人面前(我指的是在我们这些家里的晚辈面前),她从没多喝过。但她肯定是有酒量的,岳父在世的时候,有时候在某种场合,需要喝点酒了,都是岳母为岳父代的,我们结婚时也是。

"你们不要敬他(她指的是我岳父),不要敬他,他不能喝,他不能喝,都给我,都给我!"敬酒的人到桌上,岳母总是这样底气十足地说,而且她喝酒从不拖泥带水,也从不耍滑头。该她喝的酒,她一滴都不会剩;不该她喝的酒,她也从来不会要。桑小媛在这一点上,像足了岳母。

岳父去世后,岳母仍然每晚喝一点酒,有时候一小盅,有时候两小盅。如果我和桑小媛都在,我们也会喝一两盅陪陪她,但她也不会加量,该喝多少喝多少,至于我们,喝多喝少她也都不管。

她生活不讲究什么"科学",或者说不刻意讲究什么"科学",这是她经常挂在嘴边的话:"该咋过咋过,该咋着咋着。"这是潍州方言,翻译成普通话,意思大概就是,你平常怎么生活,你就怎么生活,是好是坏,是福是祸,你都管不着,那不是你管的事,也不用你去管。大概就是这一类意思吧。这是岳母的生活座右铭。

但这并不是说岳母生活得没有规律,不是这么回事,相反,岳母生活得很有规律。晚上,她会在十到十一点睡觉,因为那时候岳母感兴趣的电视剧都已放完,岳母的睡前准备也已完成。早晨,岳母会在六点到六点半之间起床。春、夏、秋、冬时间上可能会有些不同。起来后,洗脸、刷牙等等完毕,她就开始到小院里走路,在小院里走一会儿,再走到大院里去,一刻不停地走,绕着大花池走,一直走到浑身发热才回家。

上午岳母会去买菜,即使不用买菜,她也会上街走走,逛逛商店,看看街上的新奇事,甚至还会凑热闹去买几注彩票。

"中了彩都是州州的,支持他出国深造。"岳母说。

岳母手气尚好,她总共花了三十块钱,却得了一个四等奖,奖金五百元。

"这也是州州的。"她说。

下午午睡后她就会在家里待着,做做杂事,看看书报,看看电视,一下午很快就过去了。

岳父在世的时候,岳母喜欢回老家看看、转转。有时从所里要个车,有时干脆两人上车站坐车去,反正车多得很,二十多分钟一班,很方便。他们经常会带不少东西,都是烟啦、酒啦、烧鸡啦、水果啦、糖果啦、衣服啦等等。这些东西大部分是别人送的,要么就是别人给桑小媛送的,要么就是用旧了的,放在家里容易浪费,乡下的亲戚都能用得上。

两位老人坐在车上,挨在一起,像年轻人一样兴致勃勃地看着车窗外的景象,议论个不停。

"该种麦了,不能再耽误了。"

"今年红芋长得不赖,顺风顺雨的。"

"旱这几天不要紧,来场雨就行了。不能再往下旱了。"

"这小学校五十年前就有了。五十年前俺还搁里头住过,开过社教会,那会儿都是平房。"

"这条沟都快填平了,原来水清,清得很。"

有时还管管闲事:"不能再上人了,超载啦。"

在乡下他们经常会住上三两天,东家跑跑,西家跑跑,吃吃饭,花点钱。碰上有结婚的晚辈,他们会和乡下的亲戚一样,好几十里路专程跑过去喝喜酒,吃几块红烧肉。

他们还会去爬乡下的一座山,那座山当地叫"小黄山"。跟皖南的黄山不一样,那座山没有什么特别的风光,山不高,也不陡,但山上的土却都是黄土,因此当地叫它"小黄山"。年轻的时候,岳父和岳母都跟那座山打过交道,战争时期也山上山下常来常往。据桑小嫒说,岳父、岳母爱情的火花,还是在小黄山上擦亮的呢,不过具体的情况不得而知。

岳父、岳母就两个人,爬到小黄山上转了半天,还从山上采了一小把带青叶子的野花带了回来。这束野花后来一直插在客厅茶几上的一个花瓶里,直到变成了干花,还在花瓶里放了很久。

岳父、岳母经常到乡下去,乡下的亲戚自然也就会经常到城里来。岳母从来不嫌麻烦,总是忙里忙外地烧给他们吃,领他们上街,给他们买东西,带他们看电影,给他们打地铺睡觉。桑小嫒有时候不习惯,会背地里对岳母说:"叫他们走吧,你看家里弄得。"

"不怕,不怕,我收拾,我收拾。"岳母匆匆说完,又风风火火和亲戚们周旋去了。

岳母似乎从下乡、从乡下的亲戚进城、从与乡下亲戚的交往等活动中获得了很大的精神满足。岳父去世以后,她也从未中断过与乡下亲戚的来往,从未中断过对乡下亲戚的力所能及的经济支持。中秋节她会喊几位堂姐妹、表姐妹来濰州城过两天,临走时给她们带些色拉油、泰国进口米之类。清明节前后,她也会回一次乡,扫扫祖坟什么的,当然次数比岳父在世时要少得多了。

岳母一直过着平平淡淡、波澜不惊的生活,桑小媛又一直在她身边(或离得不远)。除了有时感冒外,岳母很少生病、吃药,在岳母的思想里,她一直十分平民化。"俺不就是从乡下来的吗?"岳母经常这样说。

岳母还喜欢说这样一些话:

"毛毛糙糙一辈子。"(也就是不要太讲究的意思)

"下山赶驴——顺道。"(也就是轻轻松松顺道而行的意思)

她偶尔也还说"比俺们打仗那会儿好多了""比俺们钻芦苇棵子、冬天喝湖里的冰水好多了""比俺们扒生红芋啃好多了"。但这几句话她很快就不说了,改说别的了,因为刘濰州和桑小媛都很听不惯这几句话,觉得说这种话的,属于不讲理的那一类人。

她从来不说"你看人家怎样",或者"咱也得那样""咱也得有那个。"

她从不进行这样或那样的比较,对年轻人来说,这样(对生活的态度)也许不好,但对老年人来说,我觉得,这种心境是十分有益于身心健康的。

岳母就是这样,一天又一天,不紧不慢地、实实在在地、有滋有味地"该咋过咋过"着。

桑小媛。

这里说的其实是我与桑小媛。

一说起桑小媛,我总是那么嘴碎,心里想的,和嘴上说的,都是那么零碎,似乎只有片断。

也许我的感觉有误差?有偏差?有很大的误差?有很大的偏差?

以前我总是认为,从我对桑小媛有印象开始,一直到现在,我好像从来都没对她有过什么特别的并且能持久的感觉,更不用说有什么惊天动地的感觉了,也没有热恋的感觉。虽然有一些高潮,生理上的、感觉上的,但那些感觉都来得快,退得更快。退去之后,就差不多什么痕迹都不留了。

我从来都没认为桑小媛人不好,从来都没那样认为过。桑小媛人不错的,只是我们俩性格不合,趣味不投,这才使我们共同的生活变得并不幸福。我从未怪过她,这也是我的错,而且在很大程度上主要是我的错,是我的性格有些偏颇、懦弱,不能正确地对待人和事。

但是,现在我逐渐逐渐不这么认为了。

"瞎扯,瞎扯,我不可能跟宋清泉有什么来往,更不可能跟他有什么瓜葛。宋清泉不是早就调走了？你不要听人瞎讲！那都是别有用心的人造谣,现在的人什么事情做不出来？我还能不了解自己？"

"你可能很了解自己,但说实话,我不太了解你。"我冷冷地说。

我的这句话可能给了桑小媛较大的伤害,这是我一点都没有预料到的。她一反常态,很快地就沉默下去了,连她惯常的不屑的态度、高傲的表情都没表现出来,就沉默下去了。

后来在很长的时间里,我们之间都很疏远,都只是在尽夫妻的义务,她在我面前话也更少。我感觉,她甚至有点忧郁,这立刻使我动了恻隐之心,开始同情起她来了。的确,再刚强的女人都有她致命的弱点,虽然我还不知道桑小媛的弱点是什么,但我觉得她并不是无懈可击的。如果说某种感情的转移是一种"错误"的话,那么我也犯过这种"错误",即使桑小媛和宋清泉真的有什么,我也应该能够原谅她——这是我的精神胜利法。

这可能是我在桑小媛面前的唯一一次重大胜利。

这也是我和桑小媛之间唯一的一次大裂痕。

从那以后,我们就过起了平淡然而稳固的夫妻生活了。

桑小媛在潍州市国土资源局当了两年的副局长,又挂职到汴水镇当了两年副镇长,回来后,就调到市人事局,又当了三年多的副局长。桑小媛在市人事局的这三年排位比较靠前,排在局长后面,实际上就是二把手。三年之后,桑小媛改任市广播电视局副局长,那看起来像一次过渡,因为广电局没有局长,桑小媛就成为主持工作的副局长了。

由于一次大规模、大面积的贪污腐败,潍州市的主要领导层几乎全烂了。一年半以后,整个潍州市党政班子大调整,桑小媛没能在广电局安下身来,却被调到潍州市一个较大的镇沱水镇任镇长去了。这其实算是一次重用,而且她也由副转正了,对党政部门的干部来说,这是很重要的一步。一年后,桑小媛又由镇长改任镇党委书记,成了沱水镇的一把手。

在沱水镇的四年,桑小媛似乎充分地显示了她高超的领导能力,她是沱水镇名副其实的一把手,可以说,没有人敢不听她的。在酒桌上,他们不是她的对手;在口才上,他们也只能甘拜下风;在领导能力上,他们无法跟她抗衡;在吃苦上,她也绝不比他们差;在学识上,他们就更无法与名牌大学法律系的高才生桑小媛为敌了;不客气地说,就是打架,他们中的不少人也不一定是桑小媛的对手。如果不是从职务上看的话,那四年是桑小媛事业最辉煌、情绪最饱满、发挥最充分的四年了。我可以这么说,那四年的沱水镇,是班子最团结、镇容面貌改变最大、人民生活改善最快的四年,沱水镇还上了中央电视台晚间《新闻联播》的头条,这可以说是有目共睹的。

四年后桑小媛调任泗州县委副书记、县长,又过了三年,她调回潍州,任市委组织部副部长。桑小媛在组织部一共干了五年,五年后她成了市委常委、市委宣传部长。两年后,桑小媛进了市政协,成了潍州市政协常委、副主席,五年届满后退休。

随着年龄的增长,还有其他因素吧,桑小媛也在慢慢改变。

她在家里待的时间多些了,她开始注意家里的布置,为了达到满意的效果,沙发在一年内已经挪了三次,并且添置了一套酱灰色的布艺沙发,最后才大致稳定下来。她也开始看一些以前她从不过目的电视节目,或有点无聊的电视连续剧,虽然她总是看一集丢两集,并且边看边批评。

她开始比较多地下厨烧饭。起初,她最拿手的菜是菠菜烧豆腐,后来看电视上说菠菜和豆腐不能在一起烧,她就改烧鱼头炖豆腐了,如果来人,这是她的保留节目。除了早饭外,我们一个星期会分别在我母亲和她母亲家吃两到三天饭。到岳母家时她就会下厨全包,当然我是她的下手,择葱剥蒜都是我的活,买米买面也基本上由我承包。

她有时还跟我上菜市场买菜,后来自己也开始去菜市场了,慢慢地,她也开始跟菜贩们还价了。"不要去菜市场买啦,"她经常告诫我,"批发市场便宜多了。一次多买一些嘛!反正有冰箱,能保存,坏不了的。"

她对我的关心也明显多起来,她也有些会体贴人了。"裤头最多三天一定要换洗一次,一般不要超过两天。"她会把干净裤头放到我的枕边,她还会上街为我买内衣。"太小了束人,太大了邋遢,也不保暖。"一趟买不好两趟,两趟买不好三趟。我的腰、颈都不好,她从一个连阴雨天开始帮我按摩,如果我需要,她会随时帮我按摩。相对来说,她的话还是较少,但她做事就像做事的样子,做事的质量一定会很高。

从来没有任何像样的业余爱好的桑小嫒,也开始寻找一些业余爱好了。她尝试着和我一起出门旅游,但她很快就烦了,她嫌旅游景点人太多,太嘈杂,车上也太乱。她养了一段时间的花,但她没那个耐心,花木死的多、活的少。她又想学画国画,可又不愿意出去拜师学艺,买了几盘教画画的光碟,看过几次就再也不看了。最后她回到了大学时代的老本行,选择了读书看报,而且重点是法规案例。像在大学学习时一样,她做剪报,做摘要,写读书笔记,每天不求太多,如果没有会议或其他特殊情况,上午她会学一个半小时,下午也是一个半小时,晚上看电视。在这方面,她的目标是出一本专著:"年轻时要多体验,年老时就要抓住一个点,这东西才是自己的。"她好几次这么说。

我们结婚后一直睡在一张床上,一直到现在还是这样,但不一定是一个被窝。六十岁以后我们就不在一个被窝里睡觉了,因为那样空气不好,还容易感冒或生别的疾病。但我们有时候还在一起,还在一个被窝里,一个月,或者一个多月、两个月一次,特别是春夏天,我们会在被窝里待很长时间,有时候会待到中午,有时候会从午睡后待到傍晚。

那是一种马拉松式的抚爱和性爱,我们在被窝里长时间地说话,经常说一些很远很离题的话,间或地抚摸,或者做爱。年轻时那种激烈搏斗式的做爱不见了,取而代之的是打打停停的爱慕。对我和桑小媛来说，我们永远不可能用语言来表达"我爱你"一类的意思，这几个字我们永远都无法向对方说出口，但有时候行动表达的也就是那么个意思。

在那种马拉松式的爱抚之中，桑小媛偶尔（的确是偶尔）会抽上一支香烟，我可能也会借机吸上一口。我们一边抚摸，一边悠然地做爱，一边抽一口调节气氛、放松心情的香烟，那有一种放浪不羁的感觉，那真是一种莫大的享受。

我现在也能体会到了，我和桑小媛的关系，是一种慢慢释放的爱情关系，也许年岁大了之后，更多的是一种相互依赖。但我可以肯定地说，若没有某种牢不可破的爱情因素，我们不会相守得太久。从我们的一生来看，我们之间似乎随时可能分离或者分手，但结果完全相反，这真是一个猜不透的谜。

除此以外（我说的是除了需要记住的事情以外），我这一生还有什么需要记住的呢？

另外，我感觉，我这一生也是幸福的，不管从哪个角度来讲，我觉得，我都是幸福的。

我儿子刘濉州。

我儿子刘濉州属于那种有实力但看上去平平淡淡的男孩，虽然他谈不上会有什么特大成就、特大成功，但他也绝不可能一事无成。

"中产阶级的坯子，中产阶级的坯子。"这是我和桑小媛后来对刘濉州一致的看法和评价。我们觉得,从我们做父母的角度说,这就够了,这已经足够了。他未沦落进数量相当多的没混好的人堆里去,这就不错了。真正出类拔萃的人,能有几个?也许我们对儿子的要求就是这么低,但我们觉得这很实在,既不会让儿子产生幻觉或承受巨大的精神压力,也不会让我们失望和失落。再说,父母的榜样摆在这里,父母也都是这样子,儿子好能好到哪里?另外,差又能差到哪里去?

儿子上小学、初中、高中,成绩都属中等,在班里他的成绩从未超过前五名,更别说当第一、第二了,但他的成绩也从未跌到十五名以下,即使在他高二朦朦胧胧对一个女孩子有好感时,成绩也没有落下很多。

"你好自为之。"

我总是用这种话来威胁他或者给他打预防针。对我来说,这也是一种偷懒的教子方法。桑小媛没时间管他,爷爷奶奶或者外公外婆不可能严格管教他。我呢,自己的事情也乱,不时地提前警告,也能吓住他几分。当然,我觉得,孩子面对的是一片缘分的天空,管教不管教是一回事,成才不成才或什么时候成才又是一回事。有时候,成才不是管教出来的。

刘濉州以不好不坏的成绩考取了江淮财经大学,这也是全国重点大学。四年读书,说实话,除了关心关心他的衣食住行外,对他的精神生活,我们几乎是一无所知。他好像也没碰到过什么精神危机、感情危机之类的事情,因为如果有的话,他一定会流露出来,那是无法掩盖的。我们的,其实主要是我的指导思想是,只要孩子身体健康,精神看起来也健康,就行了。至于大学里的学习,以及别的(比如说谈恋爱),没必要去操心。他已经成人了,会自己获取生活的真经的,孩子绝不会比我们更不聪明。

这小子运气是好的。大学毕业前最后一个寒假,刘濉州把一个更南方一点的同班女孩子带回了家。

"家是哪里的?"背后问他。

"福建漳州的。"

"噢,那地方出水仙花。"

女孩子叫姜海燕,个子很高,差不多有一米七五的样子,这倒很适合于一米八二的刘濉州。她绝不是那种传统的贤妻良母型的女孩子,这一眼就能看得出来。"我是怕州州吃亏。"桑小媛竟然会心慌意乱地说出这种话来,这使我有点吃惊,母亲和父亲的不同,也许正体现在这些细微的方面。

大学毕业前学校组织的一次供需见面会,使刘濉州和姜海燕双双南下去了珠海。两年后他们结婚,三年后他们买了房,五年后他们生了孩子,是个女儿,小名叫摇摇。据说这是姜海燕怀孕时,睡不着觉,刘濉州有时间就在躺椅上晃她睡,这么来的。

孙女的出生是我最喜欢的也是桑小媛最喜欢的事情了。但她极少带孙女。我和桑小媛到珠海去过一次,我们去的时候正好摇摇被送到她外婆家去了。如果摇摇到濉州来,也都是在我母亲家或者在岳母家过。我母亲家有阿姨,她会把摇摇照顾得很好。在岳母家时岳母很有耐心,吃喝拉撒她都能忙过来,她还会带摇摇上街遛。小东西穿得花枝招展的,小嘴巴又能讲得很,到哪里都招人喜爱。

他们(刘濉州和姜海燕)的工作似乎经常变动,以至我们后来除了知道他们的地址和电话以外,已经不太能知道他们到底在做什么工作了。他们曾经到珠海附近的中山市工作过一段时间,又到广州工作过一段时间,后来又回到了珠海。更有一阵子,刘濉州扬扬得意地告诉我们,他现在已经是一名超级黑客了,每天免费搭乘电波到处跑。

"会不会触犯法律?"桑小嫒最关心的是这个。

"不会,合法的。"

我们已经听不懂这些了。

但有一点可以肯定,他们不缺钱花。

他们又买了一辆车;他们也换了一次住房;他们家常年请两个保姆,一个带摇摇,一个处理家务;他们家股票缩水,亏了四十多万;股票又涨上来了,又(比缩水后)赚了八十多万;他们时常在国内国外跑,时空的距离对于他们已经很小了,淡化了。

"爸,我在菲律宾,明天回家,这里在劫机、闹游行,有点乱。"

"妈,我在迪拜,海滩好得很,身体都好吧?"

"妈,我在旧金山,美国人有点担心自己的前景,正在报纸、电视上吵吵,我三天后回去。"

"爸,我在巴西里约,问妈好。"

"爸,我在新加坡,从这里路过的,事情办完了,刚吃过饭,晚上飞罗马,妈都好吧?"

"妈,我在香港,来玩的,海燕和你讲话。"

这就是他们的生活。

我自己。

很久以来,我都在给自己提问题。

人过了四十岁以后,很容易对生命的必然性产生怀疑,更不用说过了六十岁了,我也不能例外。在这种时候,人会分化成几种类型:一种类型是消极懈怠型,诸事看穿,不求上进,冷眼观世;一种是及时行乐型,提前消费,铤而走险,填补空白;一种是忧国忧民型,除了他一贯的作风以外,这也是一种情感的转移;还有一种,是固守原状型,我就是这最后一种类型的人。

我在事业上肯定是个失败的人,至少以我自己的眼光来看是这样。我没做成什么事业,也没做出什么大成果,更谈不上轰动一时了。从职务、职位的角度讲,也是这样。在潍州时,我仅仅是一个办事员而已,到了溆州,我终于弄了个正科,并且在这个职位上坐了几乎一辈子,这是很多很多人不屑一顾的,至少在我们的大学同学中,已经没有再歪在这种低级职位上的人了。直到退休,我才按照政策,被安慰性地安排了一个"副处级调研员"的名誉级别。职称上呢,我最终评了个副高,因为我的论文发表的所谓级别都不是很够(要求省级以上报刊若干篇,而我只有一篇在省级以上报刊上发表,另几篇都是在市级,并且我也没去花钱买发表,我真像个老古董了),还有别的一些原因,正高和我永远是擦肩而过的。

从这些方面来说,某时某刻,我对江淮大地的某些人或物有些怨怪是事出有因的。总体上来看,我在淮北的濉溪平原是个失败者,在江北的滁州也是个失败者,在江淮大地上我是个不折不扣的失败者,但从感情上来说呢,我却还是割舍不了她们。我真是不可救药。

我努力过了,并且很努力。我努力学习,努力去学习一门知识或几门知识,虽然都未成气候,但也足以心地坦然了。

漫游以及与大自然接触,是我化解心中块垒、减轻心灵压力的有效方法,我现在还在不断地使用这种方法,这种方法也净化了我的心灵。

我后来一直认为,结婚和爱情并不完全是一回事,虽然这种观点已经完全不新鲜了。我和罗心影也许从未有过结婚的念头,但我想我们是真正相爱的,当然,这与我同桑小媛的感情或某种形式的爱情并不相反。这是两种不同的,同时也是并不冲突的东西,两种爱情,两种类型的爱情。

躺在躺椅上,闭着眼,我经常想起这样一些画面:

雨后的田野,地面上所有的棱角都已被雨水抹平,庄稼和野草都青翠欲滴,空气一尘不染,清新无比。村庄里的一个孩子不知从哪里冒了出来,站在较高的土丘上,望向乡村的极远。

酒酿的香味从隔壁人家飘来。

从某些角度来看,人类的生活越来越不健康了,人类正在加速摧毁自己——这是一些报章电视上的流行观点,我对此也部分赞同。

没有什么人能永远过上完全安定的日子而不被打扰,不碰到烦心的事。

我们很容易看到并且相信假象。

我还清楚地知道,我们这些人不能去创造或者制作历史,我们只能生活在历史中,我们只能生活在别人创造或者制作的历史中。

我的心海波涛汹涌、激浪翻天。时光正在流逝,无可挽回,正如法国一位面色苍白的作家所说,旧日时光已不可重现。斜阳中,我的眼角会挂一颗有些浑浊的泪滴。不要笑话我们这些上了点年纪的人(虽然六十多岁还远不是人生的终点),人世的规则终有一天也会把你推向同样的位置。

第八卷 我在江淮大地的老家

现在,我想从地理的、人文的或者别的什么角度,来讲解一下江淮大地的情况了。

但是,又有什么好说的呢?物产丰饶、景色秀美、人才辈出,说这些干吗?"江淮大地?那是我的老家。"除此之外,还有什么好说的吗?

的确,它难道不就是蕴含在你已经结结巴巴地说完了的故事之中的那些东西吗?